LES PAPAS DU DIMANCHE

François d'Epenoux

LES PAPAS DU DIMANCHE

Editions Anne Carrière

Du même auteur
chez le même éditeur :

Gégé, 1994.
L'Importune, 1996.
Danemark Espéranto, 1998.
Deux jours à tuer, 2001.
Les bobos me font mal, 2003.

ISBN : 2-84337-310-7

www.anne-carriere.fr

A mes enfants

Les papas du dimanche
Au parc d'attraction ou au jardin du Luxembourg
Les papas du dimanche
N'ont qu'un seul jour pour donner leur amour

Pierre-André DOUSSET

4 h 06

Petit Ours Brun a encore mal dans son cœur, son papa et sa maman sont malheureux, ses amis aussi. Petit Ours Brun est très courageux, dans son pyjama pas repassé il a du mal à dormir mais c'est un homme, maintenant, il a quarante ans, on lui a appris à ne pas pleurer, alors il se retient. « C'est triste, tellement triste », s'écrie Petit Ours Brun, et malgré lui les larmes coulent sur ses joues, et il pense très fort à Boucle d'Or, son amoureuse pour toute la vie, partie un jour avec devinez qui, son ami Oui-Oui, tout ça parce que Boucle d'Or aimait les choses gentilles chuchotées à l'oreille. Un jour de pluie, c'était arrivé, Boucle d'Or avait vraiment quitté Petit Ours Brun, elle était montée dans la belle voiture rouge et jaune de Oui-Oui, et elle souriait, elle semblait heureuse. Oui-Oui souriait lui aussi et les grelots de son bonnet tintaient joyeusement, c'était toujours comme ça quand il était heureux. Au début, Petit Ours Brun avait voulu retenir Boucle d'Or, la raisonner un peu, recommencer une nouvelle histoire, une histoire d'amour dans l'histoire d'amour, disait-il, mais il n'y avait rien à espérer. Boucle d'Or ne l'aimait plus, voilà tout. Alors, Petit Ours Brun avait laissé faire, il voulait le bonheur de Boucle d'Or, il la comprenait même un peu, il se disait, après tout, si elle est heureuse comme ça, et puis à quoi bon faire un scandale, se battre contre le vent, perturber davantage encore nos trois oursons adorés, nés dans l'amour d'une romance révolue ? Ensuite le temps était passé, la douleur avait laissé place aux remords, à la tristesse froide, au dégoût amer, à la résignation lucide, et finalement, avec le recul, la seule chose que regrettait vraiment Petit Ours Brun, c'était de ne pas avoir laissé totalement éclater sa colère. Non pas contre Boucle d'Or – quoique – mais surtout contre l'honnête et tintinnabulant Oui-Oui, l'un de ses plus proches amis, qui n'avait pas hésité à l'humilier, à le trahir, à le salir – oui, de ne pas lui avoir enfoncé la gueule et éclaté les grelots à pieds joints.

« La gélinotte des bois est le plus petit des tétraonidés européens. Son corps est massif, avec de petites ailes arrondies. Son plumage lui permet de se camoufler dans les sous-bois et contre les troncs, car il est de la même teinte que les feuilles mortes. Mais approchons-nous un peu... »

Je suis un papa du dimanche. Du dimanche, comme on dit d'un pêcheur qu'il est un pêcheur du dimanche, avec tout ce que l'expression peut revêtir d'amateurisme, de tendresse, de passionné aussi. Je pêche, tu pêches, j'ai péché, elle a péché, en somme ça revient au même, on se retrouve seul à mener sa barque, muni de pauvres lignes et d'hameçons repérables à vingt mètres. Du panier dépasse une bouteille de blanc pour les soirs de grand calme, du blanc bien frais, parce qu'on a beau être à la dérive, on n'en a pas moins ses maniaqueries. A boire entre deux clapots, tandis que la coque entreprend son mouvement de roulis, que les dames pivotent sur leur axe, à boire quand on voit sa tronche dans le reflet de l'eau, quand ça tangue, quand on a honte, quand il pleut des larmes, à boire pour chanter fort et conjurer sa peur face au gros temps. Papa de l'impro, papa des cours de rattrapage, papa au long cours et au petit matériel. Papa qui rame, qui rit, qui pleure. Papa du dimanche.

« Pour prospérer, la gélinotte a besoin d'un habitat composé d'une strate arbustive feuillue et diversifiée... »

J'ai suivi le parcours classique. La descente aux enfers et de quoi offrir à mon amour perdu mille colliers de Xanax, de Deroxat et de Stillnox – que de *x* partout ! Pas étonnant que ces bienfaits soient déconseillés aux mineurs. Je me suis vidé de mes larmes jusqu'à la dernière goutte. Au cinéma où je suis allé chaque soir – *La Soupe aux choux 4* serait passée que je n'aurais pas craché dedans –, j'ai souffert dans le noir en regardant les amoureux se lover l'un contre l'autre. J'ai coupé mille fois la radio au moment fatidique, écrasé mille tubes remplis de pâte à souvenirs, et mes larmes avec. J'ai évité certains quartiers, fait des détours et des tours sur moi-même. Puis on m'a secoué et j'ai adopté la méthode Coué, Rangers aux pieds, habillé de pied en cap de ma tenue de combat, avec dans la bouche la phrase « Faut pas se plaindre » en guise de couteau serré entre les dents. Alcool, sourire désabusé, je-m'en-foutisme affiché, gaieté triste, tristesse gaie, jupons qui volent, on m'appelait le chevalier voyou ou le gentleman garnement, selon les cœurs, les corps et les courbes. Enfin est arrivée la période attendue où, le cuir durci, je n'ai plus rien attendu. Plus question de céder aux postures de héros, à la délectation morose, à l'esthétique du malheur qui sied aux âmes sensibles. Les sédiments sont retombés au fond de l'eau et je me suis senti étal, comme un lac où la vie miroite.

« L'avenir de ce bel oiseau dépend des politiques forestières qui seront mises en place dans les départements où il est encore présent... »

Les amis ont aussi été là, et, là aussi, j'ai tout vu. Il y a ceux qui se sont braqués, qui ont choisi, jugeant et excommuniant à tous crins – lui on continue à le voir, elle c'est fini. Ça a au moins le mérite d'être honnête. Il y a ceux, à l'opposé, qui se sont interdit de se faire une opinion, et cela au nom de l'alibi suprême qu'est la liberté individuelle : « On ne juge pas, c'est leur histoire, on ne peut pas savoir, et puis tiens, festoyons gaiement avec les amoureux fraîchement intronisés, la place de l'autre est encore chaude mais bon, c'est comme ça, c'est la vie, on n'y peut rien... » Qu'ils se rassurent, moi je me suis fait une opinion d'eux, ils sont rayés, radiés, atomisés – leur indécence, je l'ai renversée comme un café froid sur le cliché que je garde de leur face de faux culs, faux amis et vrais cons. Et puis, enfin, j'en ai connu qui, sous couvert d'être justes et de refaire l'histoire, ont cru bon de se venger de ce que nous avions été – un couple heureux, aisé, l'une sans doute beaucoup trop belle et l'autre trop sûr de son bonheur. Aucun mot, alors, n'a été assez fort, ni aucun prétexte à négliger, pour apaiser leur jalousie passée, réchauffée pour l'occasion : « J'ai vu ton ex-femme, elle a maigri, et puis cette coiffure... En plus, elle a mauvaise mine, mais comment en êtes-vous arrivés là ? Peut-être que vous étiez trop obsédés par votre image... » Heureusement qu'aux premières loges j'ai pu compter sur mes amis, les frères, les discrets toujours là, ceux qui n'ont rien demandé mais toujours écouté, tout, mes épanchements, mes radotages. Eux m'ont soigné aux bons vins, aux coups de fil, aux omelettes aux truffes, aux mails, aux messages adorables, aux transmissions d'énergie, aux « passe donc cet été », aux « je t'aide à déménager » et autres « viens dîner quand tu veux ». J'ai toujours eu une place à leur table, ils en ont une dans mon cœur, avec leur rond de serviette et leur nom marqué dessus.

« ... Gourmande, elle se nourrit de bourgeons, de pousses et de feuilles de noisetier, de bouleau, d'aulne et de saule... »

La tempête en eaux troubles m'a jeté sur une île inconnue. C'est ça. Une île inconnue. Je m'y suis relevé, pas après pas. Et puis, un jour, les enfants me sont arrivés, poussés par les courants, parmi les débris du naufrage – proues de chaloupes et trésors éparpillés. C'était le premier week-end où j'ai pu les recevoir dans un lieu digne de ce nom. A présent, ils sont là, bien vivants, à côté, dans l'unique chambre de l'appartement. J'en pousse la porte qui ne grince pas – ces portes-là ne grincent jamais. Les deux grands sont allongés sur le flanc, en travers du grand lit. Abandonnés au sommeil sur ce radeau douillet, livrés aux mouvements vagues des édredons, bras en croix, paupières baissées, bouches entrouvertes, ils ont l'aspect dépenaillé des enfants héroïques que l'on trouve dans les pages des romans d'aventures – et Dieu sait si la nôtre en fut une. Quant à la petite, allongée sur le ventre, le visage de profil, la joue rouge sous les mèches blond vénitien, elle s'accroche éperdument à son matelas posé à même la moquette – et ses doigts de s'agripper tant bien que mal aux angles arrondis de cette planche de salut. Je la regarde et je me dis : c'est drôle comme il s'en faut de peu pour que la douleur ne prenne l'apparence de la douceur.

« La gélinotte est un oiseau roublard qui connaît très bien son territoire et fait tourner le chasseur en bourrique ! Ah ah ah ! »

Sous la télé, allumée pour me distraire de mes pensées, l'horloge digitale du magnétoscope égrène ses minutes rouges avec la régularité d'une perfusion au goutte-à-goutte, mais rien n'y fait : une fois encore le sommeil me dédaigne. Trop nerveuse, la viande, trop dure pour lui, tu penses, il préfère la laisser dans ses draps en torchon. Me voici encore debout en pleine nuit, à voir dans ce canapé-lit une planche de torture. A intervalles réguliers, et au rythme d'une rengaine de Boy George – une musique bien précise et impossible à taire hante toujours les insomnies –, j'ai tout essayé depuis des heures, absorbé un demi-Xanax, un demi-Stillnox, avalé un verre d'eau, bouffé un yaourt, pissé, arrangé les draps, retourné mille fois mon oreiller, repris un demi-Xanax et un demi-Stillnox, repissé, ouvert la baie, fermé la baie, augmenté le chauffage, coupé le chauffage, essayé sur le dos, le côté, lu un chapitre de la « Série noire », bu un bol de lait chaud, tourné en rond, hurlé dans ma couette, soupiré, dévoré la moitié d'un Caprice des Dieux, autant de gestes placebos dont j'ai espéré qu'ils allaient déclencher quelque chose pour le simple motif qu'ils *changeaient* quelque chose, mais non, rien n'y a fait, je suis resté les bras en croix, gisant agité, crucifié sur mon matelas, dans une attente linéaire où le corps, épuisé, supplie les paupières de céder enfin, où le cerveau, agité, bombardé d'images parasitaires, refuse obstinément de capituler, de se laisser aller parmi la masse des dormeurs bienheureux et sereins, ignorants de leur chance. Insomnie, supplice pur, sentiment d'être puni, dans son coin, sans raison, heures blanches et sans goût, insomnie, os que l'on mordille sans plus rien à ronger, sans plus rien à songer excepté qu'on vieillit, que le temps est perdu, que la jeunesse est loin. Oh, pas de quoi faire pleurer mais, sur l'échelle des tristesses telles qu'on en voit la nuit, il suffit de tomber du tout premier barreau pour se faire très mal, pour se désespérer au point d'avoir envie, et sans affectation, d'avaler d'un seul trait ce qui reste de somnifères et d'écrire sur le mur à ceux qui comprendront : *dormir, dormir enfin.*

Mais à cette heure matinale, trop de questions harcèlent mon esprit fatigué pour que je puisse enfin trouver le repos, elles tournent et tournent encore comme des chauves-souris qui me mangent les pupilles. Pourquoi hier Vincent ne s'est-il pas pressé plus que ça quand il m'a vu à la sortie de son école ? Pourquoi, du haut de ses huit ans, m'a-t-il toisé : quoi, c'est ça mon papa ? Pourquoi Lise répond-elle toujours « je sais pas » quand je lui demande ce qu'elle fait à la maternelle, des cubes, des dessins, de la pâte à modeler, elle est gentille la maîtresse ? Pourquoi ce silence d'Alice, à l'avant de la voiture ? Pourquoi ai-je tant de mal, toutes les deux semaines, à rentrer dans leur vie, leur quotidien, à savoir ce qui s'y passe, ce qui s'y passe vraiment, le menu de la cantine, les jeux des récrés, et qui est Amandine, et qui est Alex, et qui est Madame Toubiac, et pourquoi la prof de techno est méchante ? Et pourquoi cette gêne dans l'habitacle de la voiture, au point de mettre la radio pour combler les silences ? Tu aimes bien Natasha St-Pier, pauvre papa, pas grand-chose comme chanteurs en réserve, pas grand-chose qui se pose là, sinon des questions trop ouvertes, un peu celles des tontons dans les mariages, du genre « Alors, ça s'est bien passé cette semaine ? Ça va à l'école ? Et tes copines, ça va tes copines ? » Un peu plus et je leur dis vous avez bien grandi, je vous ai connus hauts comme ça. Et Boy George qui ne s'arrête pas ! Je l'aimais bien, Boy George, c'était les eaux paisibles des années 1980, c'était le temps d'avant l'an 2000, cette foutue échéance était encore devant nous, on se sentait protégés par une sorte de digue, et puis tout a cédé avec l'arrivée d'un nouveau siècle aux horizons glaçants.

Encore dans la cuisine à boire jusqu'à la lie les sensations de la nuit – les pieds sur le carrelage froid, le frigo qui ronronne, les images du passé, mon corps qui tremble. Voilà que le jour se lève. Il plante ses ongles blancs dans chaque interstice du volet roulant. J'ai beau tourner la manivelle au maximum, rien n'y fait, l'opacité est imparfaite et le noir ne se fait jamais comme je le souhaiterais. Je vais mettre un de ces masques qu'on distribue dans les avions, et puis des boules Quies, car voici venue l'heure où les oiseaux se mettent à gueuler. Quiconque n'est pas insomniaque n'a aucune idée de l'hystérie avec laquelle ils piaillent le matin. La nuit s'achève déjà, certains humains n'ont pas dormi mais il semble que cela les mette en joie. Leur enthousiasme crétin n'a pas de limites. C'est à qui pépiera le plus fort sur sa branche. Toute la résidence résonne de cet entrain inexplicable.

9 h 34

Au-dessus des palissades des chantiers, à l'aplomb des grues, on a coutume de voir de grands panneaux publicitaires représenter ce que sera, une fois achevé, le programme immobilier en cours de réalisation. Annoncée en lettres anglaises, la future résidence s'intitule en général *Le Clos du Parc*, *Le Parc du Clos*, ou autre chose ayant un vague rapport avec l'histoire du lieu. Sur fond de ciel azur, à la faveur d'une perspective qui n'existe que dans l'imagination du dessinateur et tandis que d'hypothétiques frondaisons occupent le premier plan de l'image, on y voit de florissants immeubles, débordant de balcons et de fleurs et jetant leur ombre douce sur des parterres de gazon immaculés. Tout y est ordonné et la vie, heureuse. Les gens ne semblent occupés qu'à sourire, qui rentrant du tennis, qui discutant avec sa voisine top model, qui tenant par la main une ribambelle d'enfants épanouis. Les voitures sont bien garées et les chiens bien gardés – s'agirait pas qu'ils aillent faire un gros caca dans ce décor de rêve.

Toute personne un peu réaliste se dit que ces images idylliques n'ont de réalité que dans l'esprit de promoteurs habiles et de publicitaires crapuleux. C'est faux. Ces résidences existent vraiment, et celle que j'habite en témoigne. Pour mon plus grand malheur, le bonheur s'y affiche aussi rigoureusement que sur lesdits panneaux. Des familles entières y nichent sereinement, avec maman jolie, papa sympa, enfants adorables et toutous trop mignons. Un véritable nid. Tout ça descend joyeusement de monospaces dernier modèle pour s'engouffrer dans des appartements identiques, la petite touche *Elle Déco* en plus. Le dimanche, les papas sympas accrochent des VTT sur le toit de leur monospace dernier modèle en veillant à ne pas rayer le toit, tandis que les enfants adorables posent délicatement leurs rollers dans un coin du coffre sous l'œil attendri des jolies mamans souriantes devant tant de quiétude. Dans les halls, c'est le salon de la poussette, il y en a de tous les modèles et de toutes les couleurs, ça sent bon le lait Guigoz et les jeux éducatifs. Et moi, derrière mes vitres, une voix triste me fait dire : « Familles je vous envie, familles je vous aime, mais familles je vous hais. Pourquoi faut-il que vous soyez aussi nombreuses là où je vis ? Pourquoi faut-il que les murs se renvoient les échos de vos dîners ? Pourquoi tous ces ballons accrochés aux portes les jours d'anniversaire ? Et ces cris d'enfants qui jouent ? Pourquoi faut-il que je vous voie telles que nous aurions pu être, si seulement... »

Enfin, pas de quoi se plaindre, une fois encore. D'abord parce que j'appartiens à la catégorie des quadragénaires occidentaux de catégorie socio-professionnelle supérieure, divorcés et en bonne santé, qui ne peuvent décemment pas se lamenter. Ensuite parce que, ma foi, l'appartement est bien et qu'il remplit sa fonction, à défaut de me combler. Au total, cinquante-trois mètres plus carrés que carrés, hyper-rentabilisés, avec séjour, petite chambre, *commodités* séparées (dixit le contrat de location), cuisine, baies vitrées, balcon-terrasse avec vue sur le bois de Boulogne et la tour Eiffel, placards et ennui intégrés. Au mur, une peinture coquille d'œuf, au sol, une moquette coquille d'œuf. Des convecteurs-électriques-attention-ça-consomme. Rien qui puisse filtrer de l'extérieur, excepté les ongles de l'aurore et les trilles des oiseaux. Rien non plus qui puisse filtrer de l'intérieur, ni gargouillis de chasse d'eau, ni hurlements orgastiques, ni prouts, ni autres bruits de tuyauterie. Du plat, du plane, de l'isoplane, de l'hermétique, de l'étanche, du lisse et basta. Du neutre pour nouvelle vie. Du clinique *clean* pour convalescent. Moi qui n'aimais que les poutres, les portes de guingois, les murs de travers et les courants d'air, les cheminées qui fument et les recoins bizarres, me voici dans une boîte. Déjà. Idéal pour faire le point, sans s'embarrasser de détails tels que l'esthétique, les parfums, le charme, la vie. Ici, tout est à l'image de Mme Ducrocq, la gardienne : on ne plaisante pas. L'unique animation de l'immeuble A – le mien – réside dans l'ascenseur, puisque celui-ci se voit entièrement capitonné de feutre quand emménagent de nouveaux arrivants – faudrait voir aussi à ne pas abîmer le matériel de la copropriété.

« Papa ? »

Rompu de fatigue, enlisé sous le sable qu'a répandu en moi l'ultime Donormyl de l'aube, je peine d'abord à localiser la petite voix familière. C'est alors qu'un fantôme m'apparaît entre deux cils, entre deux eaux, entre deux songes : Lise, petite princesse que je distingue maintenant de dessous mon masque d'aviateur.

« Papa ? »

Elle s'approche à petits pas dans sa chemise de nuit blanche, tenant son pouce dans la bouche et, de ses doigts libres, l'oreille molle de son doudou Pinot – un lapin désarticulé.

« Pa-pa ! »

Papa dort sur le canapé-lit du salon, grande masse échouée dans une pénombre que la lumière filtrant des volets roulants vient semer de mille pointillés réguliers. En plus de ces drôles de grains de riz, il y a au pied du lit plein de boîtes de Smarties, une bouteille d'eau, des livres. C'est bizarre. Trop bizarre pour Pinot, le lapin protecteur. Bras écartés et œil soucieux, il s'interpose entre Lise et moi avant de donner son feu vert. Lise grimpe alors sur mon lit de fortune, toujours planquée derrière son garde du corps. Je me tasse contre les coussins du dossier. Une fois bien installée, la tête calée sur l'oreiller, elle me considère longuement, ses beaux yeux bleus détaillant mon visage comme si elle me voyait pour la première fois. Enfin, elle se décide à parler, non sans garder obstinément son petit pouce dans la bouche.

« Téwéwéwé ?

– Hein ? »

Devant mon air hagard, elle consent enfin à retirer son pouce.

« T'es réveillé ?

– Maintenant, oui.

– Tu t'es pas rasé ?

– Eh non, je suis un papa-hérisson.

– Bon, je vais chercher Camille. »

D'un coup d'un seul, lissant une mèche de ses cheveux blond-roux derrière son oreille, elle part remplir une mission qui paraît de la plus haute importance. Par la porte ouverte de la chambre, les cris jusque-là étouffés des deux grands me parviennent soudain. L'heure doit être aux batailles de matelas, d'édredons et d'oreillers. Je crains le pire. Les dernières plumes des couettes n'ont sans doute pas atteint le sol, suspendues dans l'air comme des secondes, que Lise revient déjà en compagnie d'Alice et de Vincent. Ils sont tous les trois aussi décoiffés, mais la palme revient tout de même à la poupée Camille qui, en plus de ses cheveux en forme de spaghetti, arbore un sourire constant, deux yeux ronds, un nez rouge, une jambe à l'envers et un bras à demi arraché. Je me dis que Camille a l'air complètement dingue. Lise l'installe fièrement sur l'oreiller tandis que les deux autres Sioux attaquent mon tipi. Vincent se laisse tomber les deux genoux sur les miens, ça me fait mal mais pas question de broncher, Alice me chatouille les doigts de pieds, Lise mouline des deux mollets et Camille sourit toujours.

« Tu nous fais un pestac ?

– Maintenant ?

– Ben oui. »

Bienvenue à Dimanche-Land.

9 h 52

On me hisse, on me pousse, on me tire. Je suis un géant entouré de lutins. Je suis une statue, une icône, un modèle malgré moi. Faut montrer l'exemple, aller de l'avant, organiser. C'est parti pour le petit déjeuner. Le soleil de décembre ne me laisse pas le choix. Il fait assez frais malgré tout.

« Tout le monde a un pull ? Vincent, va me mettre un pull. Alice, ma fleur, arrange un peu les cheveux de ta petite sœur. Ensuite, tu mets les bols. J'arrive. »

Musique. Du partage des meubles, j'ai récupéré un vieil appareil noir portatif, avec radio, lecteur de cassettes et de CD. J'opte pour la bande FM. Une fois éliminés les débiles impubères de Fun, NRJ et Skyrock, il me reste FIP et ses bouchons autoroutiers, Ouï FM et ses hard rocks parfois inaudibles, Radio Classique et ses musiques de chambre, et enfin le ron-

ronnant RFM, « la radio en or » pour quadras sympas. En ce dimanche matin de l'avent, c'est cette dernière que je choisis, sans craindre désormais la diffusion de ces chansons à l'eau de rose qui, il y a peu encore, me plongeaient dans des gouffres de nostalgie tant elles me rappelaient des moments chers. C'était l'époque où je déballais mes caisses dans l'appartement nu, accrochant mes fringues dans une penderie vide en me demandant ce que je foutais là. La plus mièvre des chansons d'amour, de même que le moindre baiser de tourtereaux dans la rue, m'était alors insupportable. Chaque première note d'une bluette reconnue me cassait en deux sur la moquette. *Tout doucement* de Bibi, *Ils s'aiment* de Daniel Lavoie, *Vancouver* de Véronique Sanson parvenaient à m'achever. J'en rajoutais, je me purgeais, je pleurais comme on vomit. J'en souris, maintenant : un jour, j'ai réussi à verser des larmes en écoutant Jakie Quartz et sa coupe en pétard. *Juste une mise au point*, ses cafés crème de la rue des Bernardins, son bateau « qu'a jamais vu la mer » et la fameuse « vieille copine qui se tire en rââlant », toute cette quincaillerie des années clips et Minitel me torturait au-delà du possible : la vie était presque entièrement passée, j'avais déjà raté la moitié du train, jamais je ne pourrais plus l'attraper en marche, et j'avais honte d'être une midinette, de chialer comme ça, comme un môme de vingt ans que je n'étais plus, mais bon, fallait me vider, le psy me l'avait dit, fallait me vider, comme un poulet, ne rien laisser.

« Papa, Vincent il veut pas m'aider ! »

Ce matin, c'est différent. C'est la vie qui reprend, avec un bon vieux Michel Berger qui fait même pas mal et mes enfants qui se disputent déjà. Je botte en touche pour ne pas faire le juge de ligne.

« Vincent NE veut pas m'aider, pas : Vincent il veut pas m'aider. Il y a déjà un sujet, pas la peine d'en rajouter. Et puis la négation, n'oublie pas la négation, Alice...

– Mé euh, c'est lui... »

Vincent est ravi. Non seulement il n'aide pas, mais en plus c'est sa sœur qui se fait engueuler pour une faute de français. C'est drôle, d'ailleurs, cet irrésistible besoin qu'ont les papas du dimanche d'en rajouter dans la pédagogie accélérée pour pallier leur absence le reste du temps. Deux jours de rattrapage, on serre les vis, faudrait voir à savoir causer et à rendre service et à dire merci et s'il te plaît.

Pendant ce temps-là, Vincent NE fait réellement rien.

« Vincent, tu donnes un coup de main, si ça ne te dérange pas trop. A moins que tu n'aies vu des domestiques quelque part, dans ce cas tu me préviens. »

Aïe. Pas d'ironie, je me le suis juré, pas d'ironie. L'ironie, c'est un jeu d'adultes, je dois me mettre ça dans la tête. C'est malin, maintenant Vincent est vexé, je le vois à ses oreilles qui rougissent et à son air contrit. Bien joué pour un dimanche matin. Comme Lise en rajoute dans le fayotage – « Papa, Vincent eh ben il veut pas sortir le beurre » –, je décide de prendre la défense du suspect par un retournement dont seule la justice paternelle est capable : « Vincent, assieds-toi, mon grand. Bon, les chipies, ça suffit. Allez, qui prend quoi ? »

Et nous voilà, petite famille presque au complet, alignés en rang d'oignons dans ma cuisine. Ce n'est pas encore la tribu Ricoré, avec parents qui se bécotent au sortir du lit, soleil naissant et gamins espiègles, mais c'est beau quand même. Et pour qui aime les joyeux bordels familiaux, c'est un vrai bonheur.

Je m'assieds. Devant mon bol et moi s'élève une muraille de Chine en cartons. Ce sont les boîtes de céréales. Tous les week-ends j'en rachète une nouvelle alors que la précédente n'est pas terminée. Chaque fois c'est la même chose, je me fais avoir par les enfants. Lorsque l'on fait les courses le samedi matin, je les laisse à leur guise papillonner devant le rayon Corn-Flakes and Co. Après de longues délibérations, ils en reviennent triomphants, avec en tête de cortège celui ou celle qui a été désigné pour porter la sacro-sainte boîte choisie selon des critères primordiaux allant du nouveau mélange miel-pépites de chocolat au gadget proposé au fond du carton. Toupies, lunettes pour voir en relief, pliages divers, robots en plastique, tout semble déjà avoir été fait dans ce monde où il n'est question que de Choco et de Crousti, mais mon trio perspicace ne renonce jamais à trouver LA nouveauté qu'il faut absolument mettre dans le Caddie, faute de quoi il n'est pas question de rouler des épaules le lundi dans la cour de récré. Attablés que nous sommes tous les quatre face à ces monuments dédiés au dieu Marketing, le principe consiste maintenant à jouer le jeu jusqu'au bout en avalant tous les slogans, formules américanisées et autres conseils pseudo-diététiques conçus pour faire battre ces petits cœurs de cible. J'ai un peu honte de me prêter à ce système qui les dévore aussi sûrement que Lise avalant sa douzième cuillerée de blé soufflé, et en même temps je m'amuse et m'interroge : cette petite débauche consommatrice, est-ce une façon de lâcher du lest ? Une concession faite à un système que je décrie par ailleurs ? Une manière de compenser, justement, mes concentrés d'autorité paternelle, ces sursauts de pédagogie que je leur inflige en cours accélérés dans des matières aussi diverses que la syntaxe, le civisme ou le bonjourmadamisme ? Toujours est-il que les boîtes sont bel et bien là, objets de convoitise et causes de mastication groupée avec craquements sonores et lapements de chats. Je me dédouane tout d'abord en leur demandant de ne pas citer de marques devant moi – pas question d'en faire ces abominables petits gamins qu'on voit dans les publicités américaines. Ensuite, en exigeant d'eux – bonne conscience écologiste oblige – qu'ils mettent lesdits emballages dans un sac destiné à une poubelle spéciale, Mme Ducrocq s'adonnant avec une ferveur légitime au tri sélectif – tri qu'elle pratique d'ailleurs également avec les habitants de l'immeuble, dont certains ont droit à ses saluts matinaux et d'autres non.

Ne pas craquer quand se brise pour la énième fois la biscotte de Lise. Ne pas s'emporter quand Vincent décide de vider le Nesquik directement dans son bol, sans l'aide d'une cuillère – il va sans dire que le contenu de la boîte se déverse chaque fois d'un seul coup, remplissant le bol d'un terril de poudre chocolatée. Ne pas s'énerver quand les deux grands se chamaillent pour un coude mal placé ou un problème d'équidistance entre le pied de la table et le frigo. Mais manger des yeux Lise dont la tête disparaît dans un bol plus grand qu'elle, les doigts comme des étoiles de mer et le pouce replié sur le rebord. Observer l'épi hallucinant que les plis de l'oreiller ont érigé sur l'occiput de Vincent et se demander combien de litres d'eau seront nécessaires pour le dompter. Contempler la douceur d'Alice, la grâce avec laquelle, du haut de ses onze ans, elle quitte peu à peu le coton de l'enfance pour se glisser dans le jean froid et râpeux de l'adolescence. Goûter chaque minute de leur présence, ce naturel avec lequel ils remplissent l'espace et le silence, se dire que la plus exaspérante des disputes est la plus belle façon de conjurer les heures qu'on a passées à être mal, loin d'eux. Improvisés, sinon imposés, voilà les commandements des papas du dimanche, et je les fais miens avec gourmandise.

10 h 31

« Bon, allez, pipi, les dents, tout le monde s'habille, vous pouvez vous habiller comme hier, mais vous changez de slip et de chaussettes ! »...

Un tourbillon de cheveux, de pans de robe de chambre, des tabourets qui raclent le carrelage et les voilà partis. C'est fou comme les enfants obtempèrent vite quand il s'agit de laisser en plan les reliefs du petit déjeuner. Trop contents d'être des modèles d'obéissance, ils sont déjà dans la salle de bains en train de se disputer une place de lavabo.

« Les enfaaaaaannnnnnts ! »

Trois petites têtes apparaissent instantanément dans l'encadrement de la porte de la cuisine. Les yeux éberlués par l'innocence et la vertu. Vincent a déjà de la mousse de dentifrice sur le menton et une brosse à dents qui lui déforme la joue.

« Qui va ranger, d'après vous ? »

Rumeurs offusquées dans les rangs, sur le mode : « Nous on nous dit d'obéir alors on obéit. » Vincent manque d'en avaler sa brosse à dents d'indignation. Alice prend son visage de madone blessée, la courbe du front pliée par tant d'injustice frappant au hasard. Lise s'en fout, elle demande à Vincent où il a mis le « tifriss ».

« Lise ? »

Yeux bleus étonnés, bouche en cœur.

« Tu n'oublies rien ? »

Yeux bleus étonnés, bouche en cœur, conscience qu'il y a un souci mais dénégation obstinée de la tête.

« Vraiment, tu ne vois pas ?

– Un bisou pour papa ? »

Tentative de corruption, ça peut aller chercher loin. Résister, surtout résister.

« Ton bol ? Le beurre ? Le lait ? Les céréales ? Qui va les ranger ? »

Réflexion, hésitation et, enfin, solution :

« Ben... papa ?

– Ben non. Pas papa *(les autres pouffent à cette allitération de haute volée)*. Papa il va pas tout faire... *(regard de connivence des deux grands)*... Papa NE va pas tout faire à votre place. Vous aidez. Vous participez. Allez. »

Bien, ça ! Ferme, direct, sans appel. De la parole de chef comme on l'aime. Fourmis résignées à leur sort, les trois Schtroumpfs obtempèrent sous l'œil du méchant Gargamel avec le génie qu'ont les enfants de manifester leur mauvaise volonté sans pour autant prêter dangereusement le flanc à l'engueulade qui couve. Déjà, sans que les petites cuillères en aient été retirées, je vois s'empiler les bols dans un emboîtement d'autant plus hasardeux qu'il a pour base la très étroite margelle en inox qui sépare les deux bacs de l'évier : avec un peu de chance, comme deux acrobates qui se donnent la main, le plus haut des bols devrait venir toucher le bec du robinet d'acier et en entraver le mouvement. Quant à ce qui doit être jeté dans la poubelle, quignons brûlés dans le grille-pain ou boîtes de beurre vides, ça l'est, pas de doute. Mais là aussi, avec une précision d'orfèvre, juste sur le côté de l'embouchure du sac poubelle, à l'endroit exact où celui-ci va s'affaisser au lieu de se remplir, laissant les déchets dans un équilibre précaire qui menace de coulées poisseuses la paroi intérieure de ma belle poubelle en fer toute neuve.

Tout cela n'a pris que quelques minutes. Le ballet domestique approche de la fin, on se frôle, se croise et se bouscule encore dans l'espace exigu de la cuisine. Le rythme soutenu des pantoufles sur le sol s'atténue peu à peu, la fine équipe a fini son chantier. Je me retourne : sur la table, un bol. Le mien. Que nul n'a jugé bon de ranger.

« Et mon bol ? Mais c'est dingue ! Y en a pas un qui a eu l'idée de... »

Je renonce. Les papas du dimanche n'ont pas de temps à perdre à tout vouloir rattraper. Leur temps est trop précieux pour ça. Garder son rôle, oui, gâcher la fête, non. Ils se consolent en se disant que tous les enfants sont un peu égoïstes, un peu ingrats, un peu mesquins. Ils se persuadent qu'eux-mêmes étaient comme ça, enfants, pas des saints, loin s'en fallait. Alors ils rangent le dernier bol et ils passent l'éponge. Sereins. Apaisés.

Et boum le pied en sortant de la cuisine.

« Mais c'est quoi c'bor… Les enfaaannnnnts ! »

Dans l'entrée, le gros sac de voyage des enfants gît à mes pieds. Etripé. Avec son cuir usé de bagage de bonne marque – il était sur notre liste de mariage –, il me fait penser à une carcasse de buffle après le passage des charognards. De ses entrailles dégorgent pulls, tee-shirts, linge sale, pantalons, jouets, boîtes de jeux. Une misère.

Devant mon air dépité, les adorables petites hyènes prennent soudain conscience de l'étendue du désastre. Pas question d'être un père Fouettard, je décide d'essayer de les toucher au cœur : « Franchement, c'est pas sympa, là… je vous demande de prendre vos affaires et regardez ce que vous me faites… Non, vraiment, c'est pas gentil… »

Pitoyable. Je me fais penser à la prof d'espagnol que j'avais en quatrième. Adepte de l'autodiscipline et convaincue que toute autorité exercée sur un élève relevait d'une atteinte aux droits de l'homme, elle dispensait ses cours sur fond de brouhaha général et c'est à peine si l'on entendait parfois, du haut de l'estrade, ses longues et vaines suppliques : « Noonnnn… S'il vous plaît... Soyez gentils... S'il vous plaît... Ecoutez-moi... » Bref, ça finissait toujours avec un disque des Quilapayún, groupe de dissidents chiliens à textes réalistes que nous laissions à leurs flûtes de pan à peine la sonnerie avait-elle retenti.

« Allez, les p'tits loups, vous me ramassez tout ça. Je vous ai demandé de vous changer, pas de faire exploser une bombe. Déjà qu'ici c'est pas très grand... » (ce *n'est* pas très grand, je sais, mais bon, ça *ne* compte pas quand on est énervé).

Gentiment, ils s'exécutent. Alice ronchonne :

« C'est Vincent, il a tout mélangé... »

Effectivement, entre les culottes des uns et les chaussettes des autres, je suis complètement perdu. Le lit est couvert de vêtements, sans compter les pyjamas.

« Bon, vous rangez bien les pyjamas... Ces chaussettes, à qui est-ce ? A Vincent ou à Lise ? Bon, où est le sac à linge sale ? Non, Vincent, tu ne remets pas cette chemise, maman t'en a mis une autre... Lise, c'est à l'envers, retire ton pull... Alice, tu n'es pas obligée de laisser traîner ça par terre... Oui, ma Lise, c'est dans le bon sens, les chaussons... Allez, vous me pliez tout ça, après on s'y retrouve plus... Et ça, Alice, c'est à laver ?... Allez, dépêchez-vous si vous voulez qu'on aille acheter un sapin !

– Un quoi ?

– Un sapin ! C'est bientôt Noël, on va acheter un sapin ! »

Les deux petits s'extasient, ça c'est une bonne surprise. Alice réagit distraitement. Assise au bord du lit, elle est occupée à s'habiller avec, déjà, des pudeurs de jeune fille. Bien que dénuée de toute esquisse de poitrine, je vois bien qu'elle fait dos au reste de la troupe pour enfiler son tee-shirt. C'est émouvant, ce naturel qui arrive au galop, c'est plus fort qu'elle. Tracé. Un peu triste, et en même temps très gai : derrière mon aînée je vois émerger une personnalité, une complice, une amie qui va me soutenir autant que je la soutiendrai. Heureusement qu'elle est là, ma grande petite fille, pour me donner un coup de main (même en voiture, pendant les longs parcours, c'est elle qui dépiaute maintenant les Mini Babybel et qui prépare des sandwichs pour les petits), distinguer deux tee-shirts absolument semblables, brosser la tignasse de Lise et surtout, surtout, lui poser une barrette : quand c'est moi qui le fais, je n'arrive qu'à attraper deux petites mèches en un renflement ridicule, laissant, malgré mes efforts et mes gestes fébriles, tous les autres cheveux descendre en rideau sur les yeux de la suppliciée.

Tout est presque en ordre. L'édredon presque bien remonté sur les oreillers, les affaires presque à leur place, les pyjamas presque pliés et le matelas de fortune, aligné contre un mur, prêt à redescendre à la cave. Pour peaufiner, on verra au retour. En m'habillant à mon tour pendant que les enfants jouent à « je te tiens tu me tiens par la barbichette », je fais semblant de ne pas entendre cette chanson de Caroline Loeb qui, en décembre 1986, avait recouvert Paris d'une ouate neigeuse où mes pas pleins de hâte amoureuse avaient laissé leurs traces.

11 h 02

Inspection. Alice porte des bottes fourrées en daim, un pantalon framboise pattes d'ef, un polaire bleu pâle à fermeture Eclair, un manteau matelassé couleur marron glacé et une queue de cheval. Vincent, des grosses pompes montantes en cuir élimé, un pantalon en velours brun qui poche aux genoux, un pull à large col roulé aux nuances épinard et, par-dessus tout ça, une bonne doudoune beige qui fait ressortir son air canaille, ses yeux noisette et ses cheveux auburn en pétard. Lise, une salopette rose trop petite faisant des feux de plancher sur ses bottines bleu marine, un cardigan de bonne maison avec des fleurs brodées dessus, une doudoune rouge, le tout couronné de couettes aux reflets d'or aussi claires que ses yeux bleus. Sans doute pas les associations de couleurs idéales, mais de quoi avoir bien chaud. S'ils attrapent le moindre début de rhume ou d'otite, je suis bon pour être, à mon tour, habillé pour l'hiver.

Maintenant coiffés de bonnets de laine et engoncés dans leurs doudounes, les deux grands sont parés pour attaquer l'Annapurna par la face nord, avec yacks, sherpas et camp de base. Reste Lise, qui rechigne à mettre son bonnet à pompon mais vient de sortir triomphalement de ses poches le pire cauchemar de tout papa du dimanche qui se respecte : une paire de gants.

Qu'on se le dise : enfiler dix doigts minuscules dans deux fois cinq doigts de laine épaisse alors que deux autres enfants s'impatientent devant un ascenseur relève de l'exploit absolu. Lorsque l'on pense enfin avoir réussi l'impossible, on s'aperçoit toujours qu'il y a deux doigts dans le même doigt et c'est le cœur brisé que l'on doit se résoudre à les retirer tous pour repartir de zéro. Tant il est vrai qu'en matière de gants, c'est tout ou rien, on est obligé d'avoir 10 sur 10 du premier coup si l'on veut pouvoir sortir de la classe.

Autrefois, la vie était bien faite, les grands s'occupaient à nouer leurs lacets et à confectionner des doubles nœuds savants pendant que l'on habillait leurs cadets. Mais il a fallu qu'un type invente les fermetures à scratch pour réduire à néant ce bel ordonnancement. Me voilà donc, par sa faute, obligé de redoubler de concentration. C'est bon. L'annulaire est dans l'annulaire, le pouce dans le pouce. Mais pas l'index. L'index a disparu. Non, le voilà. Un grain de riz dans un océan de laine. En jouant un peu sur l'élasticité de celle-ci et la souplesse de celui-là, j'atteins la délivrance. Le compte est bon. On peut y aller. Ou presque. Je n'ai pas tourné le dos que Lise est mains nues.

« Ils me grattent, les gants.

– Quoi ?

– Ça me gratte. » Je la regarde. Elle va encore m'avoir. Elle est tellement irrésistible que je n'ai pas le cœur à la gronder. C'est vrai, ça, si ça la gratte, après tout. Je hausse le ton pour ne pas perdre la face :

« Mais Lise, on a mis une heure à les mettre, tes gants ! »

Elle me fixe, pas dupe. Les adultes ont de ces exagérations. Elle sait bien que ça n'a pas pris *une heure.* Cinq minutes à peine, trente secondes par doigt. Elle sourit.

« Une heure ? »

Cette fois, c'est moi qui me sens tout petit. J'ai une échappatoire minable :

« En tout cas, les moufles, ça existe ! »

N'importe quoi. L'ascenseur arrive. Entre le troisième et le rez-de-chaussée, au prix de gros efforts côté doigté et élasticité, les deux gants sont remis. Et c'est tant mieux. Dehors il fait un froid à ne pas mettre un papa et trois enfants dehors sans risquer le rhume, la bronchite et les reproches de la maman qui récupère les éclopés. Tant pis. J'ai dit qu'on allait acheter un sapin, nous allons acheter un sapin. Nous voilà partis à la queue leu leu. Je tiens Vincent par la main. Il a les oreilles rouges. Les filles suivent de près. Lise ressemble à un bolet et Alice, toute glacée, raide et engoncée dans sa longue doudoune, à un esquimau au chocolat. Bien marcher à l'extérieur, côté chaussée. Les enfants, toujours côté immeubles. Lise sursurveillée, Alice prenant à cœur son rôle de grande sœur. On a tous le nez carotte et nos mots se transforment en buée.

Au détour d'une rue, voilà qu'il nous apparaît enfin. Déjà cinq minutes que nous l'entendions jeter dans l'air froid ses airs de salsa, de biguine et de lambada, rien que des tubes venus des îles pour repeindre en gouache bleue le ciel gris mat de Suresnes. Et puis soudain, droit devant nous...

« Le monège ! »

Tant que Lise appellera un manège « monège », le monde tournera rond, aussi rond que ce beau carrousel planté sur la place du marché de Suresnes, avec ses chevaux, ses motos, ses voitures de pompiers, ses autocars à quatre volants et ses hélicoptères qui montent et qui descendent. Tandis que se rapprochent les boumboum de la sono, je distingue plus nettement les silhouettes stoïques des parents transis, attendant qu'enfin s'achève le tourbillon infernal des éléphants roses. Mais rien n'y fait, les mômes s'accrochent, encouragés qu'ils sont par le maître des lieux, un forain inépuisable égaré en quartier bobo : planqué dans sa guérite, un gros micro devant lui – pareil à ceux que l'on voyait dans *Ring Parade* –, il a les favoris aussi épais que ses jeux de mots, mais tout le monde l'aime bien pour son sourire inaltérable et sa bonne humeur communicative. Avec les enfants, nous l'appelons Rouflaquette, et ce n'est pas la moindre de mes fiertés que ma puce de quatre ans connaisse ce mot-là. Tandis que Philippe Lavil tape sur des bambous comme dimanche dernier et celui d'avant, je gravis les deux marches qui mènent au saint des saints – le petit rebord en bois qui tient lieu de guichet. Moyennant un euro, il me tend un jeton rouge. C'est tout juste si je ne tire pas la langue pour recevoir l'hostie.

Ça y est. Le tour a cessé. Des pères soulagés grimpent sur les planches pour arracher de leur monture des enfants récalcitrants. Des grand-mères vigoureuses soulèvent de leur banquette des nains emmitouflés. Ça enjambe, ça se faufile, ça refuse un nouveau tour aux exigeants, mais surtout, ça se dépêche. Lise a déjà repéré le Dumbo qui lui plaît. A peine le petit rouquin qui l'enfourchait a-t-il mis pied à terre qu'elle est déjà sur le dos de l'animal élu, tête penchée en avant et mains crispées sur les poignées, façon coureur cycliste en descente. Tout le reste du peloton a pris place avec elle pour en découdre avec la force centrifuge. Rouflaquette donne le coup d'envoi. C'est reparti pour un tour ? La suite nous prouvera que non. Car des tours, précisément, Lise en a plus d'un dans son sac.

En attendant, Vincent, Alice et moi avons adopté l'exacte position des pêcheurs inuits quand ils attendent qu'un poisson bouge au fond du trou qu'ils ont creusé à même la banquise. Tête rentrée dans le cou, mains dans les poches et pieds gelés, nous nous appliquons à mettre en œuvre les techniques ancestrales qui font survivre l'espèce humaine dans les conditions extrêmes du Grand Nord, à savoir ne pas donner trop de prise au vent, penser à autre chose, serrer à la fois les dents et les fesses (c'est enfantin). Devant nous, à califourchon sur son éléphanteau, Lise passe et repasse en faisant mine de ne pas nous voir. Pendant ce temps-là, aidé par la Compagnie Créole et le Douanier Rousseau, Rouflaquette fait tout pour réchauffer l'atmosphère à grands coups de « Youpiiiiii » et de « La tête, elle tourne aussi ? »... Bof, pas vraiment. Mais à défaut d'être moins réfrigéré, je reste fasciné par la chaleur communicative de ce type qui semble ne jamais se lasser d'apporter du bonheur à son petit monde. Comment fait-il ? Quelle est sa recette ? Je l'entends qui fredonne : « *Comme dans les tableaux du Douanier Rousseau, la la la la, la la la la la...* Théo, tu ne sautes pas sur la moto s'il te plaît... Alors Simon, tu le fais monter ton hélico ?... *la la la la la la...* »

Silence dans les rangs. Les mômes sont congelés, et ça tourne et ça tourne, et on caille et on caille, et ça n'en finit pas. J'en suis là de mes pensées lorsque Rouflaquette, sortant soudain de sa tanière, décide d'avoir recours à l'arme suprême pour relancer l'ambiance : la fameuse, l'ineffable, la légendaire queue de Mickey. Au coup d'œil qu'Alice m'adresse alors, je sens et je sais qu'elle pense la même chose que moi : « Pourvu, pourvu, ô Dieu des forains qui nous entendez, ô saint Dumbo et autres patrons des éléphants, des monèges et des rouflaquettes, pourvu que Lise n'attrape pas la queue de Mickey, pourvu qu'elle n'ait pas droit à un deuxième tour gratuit, pourvu que... » Mais déjà, dans un geste qui n'appartient qu'à lui, Rouflaquette fait tournoyer sa marionnette fétiche au bout de son élastique. Les enfants crient, certains se dressent, les mains se tendent, mais rien à faire. La souris volante traverse l'espace avec le vol zigzagant d'une mouche affolée. Se posant sur un phare pour repartir aussitôt. Effleurant un guidon pour rebondir aussi sec. Provoquant de ses pirouettes les enfants surexcités, y compris Lise, qui fait semblant de rien, quand tout à coup...

« MICKEY, ATTENTION ! »

Un peu plus et je criais. Trop tard. Un éclair rouge, des oreilles qui flanchent, une souris happée. A la vitesse d'un cobra, Lise vient d'attraper sa proie. Je le voyais venir. Trop sûr de lui, faisant le malin, Mickey ne se méfiait plus de cette petite fille à la placidité trompeuse. Il la frôlait et la narguait depuis déjà un bon moment avec un grand sourire aux lèvres. Résultat des cabrioles : un nouveau tour gratuit, huit nouvelles longues minutes de pêche au saumon en Laponie, Lise triomphante brandissant son trophée et les deux grands me jetant des regards désespérés. J'en profite pour donner une dimension pédagogique à l'événement : Voilà ce que c'est de ne pas ouvrir l'œil, voilà ce que c'est de faire le zozo au bout d'une ficelle, on croit qu'on peut gigoter en rigolant, eh ben non, crac, tout Mickey qu'on est, on se laisse attraper comme un débutant. Le plus beau, c'est que le scénario se reproduira lors du tour suivant exactement dans les mêmes conditions. Et rebelote. Cette fois, je me surprends à soupçonner Rouflaquette de l'avoir fait exprès.

Nous repartons, frigorifiés. Il me faut remplir ma mission. Trouver un beau sapin, roi des forêts. D'autres se seraient organisés pour aller le chercher chez Ikéa et apaiser ainsi leur conscience citoyenne en le rapportant après Noël, histoire de voir replanter leur petit conifère. D'autres encore seraient allés le choisir dans une grande surface, là où il y a des promos et du choix. Pas moi. Moi, je me plante tout seul en allant acheter mon arbre chez le plus chic et le plus cher des détaillants de Suresnes. Déjà les enfants tournent autour d'un spécimen au poil brillant, bien campé sur ses bûches de bouleau en croix. Une fortune. Puisant dans des trésors d'hypocrisie dont seuls les parents sont capables, je les persuade alors que les sapins, à l'instar des grands chiens, ont besoin de respirer, d'être au large, que celui-ci sera bien trop à l'étroit dans mon petit appartement, et qu'il serait préférable porter notre choix sur l'un de ses congénères de dimensions (et de prix) moindres. Je n'ai pas fini ma phrase que m'apparaît au fond du magasin un modèle sinon parfait pour mes enfants, du moins idéal pour le portefeuille de leur papa. Chien, il aurait été bâtard, sale et abandonné à la SPA. Mais lui a choisi d'être sapin et c'est son droit. Pour le reste, c'est pareil : même poil élimé, même échine courbée, même misère. Adopté.

« Je vais prendre celui-ci.

– Celui-ci ? demande le vendeur avec le mépris qu'il convient d'afficher à l'endroit des clients peu dépensiers.

– C'est ça.

– Le petit, alors », insiste-t-il, sadique, dans l'intention manifeste de démontrer à mes enfants que leur père est incapable de claquer cent euros pour les faire rêver.

« Absolument.

– Quarante-cinq euros. » Quarante-cinq euros le sapin qui va se retrouver dans quinze jours tout marron et déplumé, sur le trottoir en face de chez moi. Je ne peux pas faire moins. Va pour le corniaud, après tout, il me plaît, avec ses deux pauvres planchettes qui lui confèrent un maintien bancal. Nous voilà repartis à la maison avec mes loupiots. Je vois bien qu'ils auraient préféré que je prenne le bel épineux majestueux. Mais c'est mon Vincent qui a le dernier mot : « Il a une bonne tête, notre sapin. » Les autres acquiescent. Je les aime trop. A nous quatre, on est les plus forts du monde.

Déjà, le géant, son sapin et ses trois nains arrivent devant la résidence. C'est à celui qui courra le plus vite pour taper le code d'entrée de l'immeuble. A ce compte-là, Vincent est le plus rapide, juste devant Alice et loin devant Lise. Qui chouine, cela va de soi. Je lui promets le bouton d'appel de l'ascenseur, en échange de quoi Alice a obtenu le bouton intérieur de celui-ci et Vincent l'honneur d'appuyer sur sa mollette de blocage, le temps que j'entre le sapin à l'intérieur – je sais qu'il y mettra le sérieux d'un pilote de chasse vérifiant ses instruments de contrôle. Cavalcades dans le hall, tonitruants essais d'écho de la part des enfants, grands « chutttt » suppliants de la mienne – c'est que je n'ai pas envie de voir jaillir hors de sa loge Mme Ducrocq, sourcils froncés et bras croisés sur la blouse bleue de service qu'elle porte même le dimanche. Tout se passe comme prévu, jusqu'à ce que l'on s'aperçoive que nous ne tenons pas à cinq dans l'habitacle étroit du Roux-Combaluzier. Une course est aussitôt organisée. Je fais équipe avec le sapin et les enfants relèvent le défi sur trois étages d'escalier de service. Top ! C'est parti. Là-dedans, ça souffle, ça grimpe et ça résonne. Les lièvres Alice et Vincent arrivent les premiers, tout juste après nous. Lise arrive derrière, les joues rouges et le regard étincelant. Je déclare vainqueurs ex-æquo tous les participants et le sapin lui-même semble avoir repris du poil de la bête.

12 h 18

« Chaussures-placard, manteaux-cintres ! »

Certains codes dispensent des longs discours et les nôtres sont parfaitement rodés. Les chaussures valsent sur le palier du troisième et déjà la penderie de l'entrée fait entendre le cliquetis des cintres glissant sur leur tringle – les mêmes qui, par à-coups, habitent les souvenirs que j'ai de ma mère lorsque, l'œil soupçonneux, elle jaugeait dans un magasin le manteau qu'elle allait me choisir parmi toutes les tailles et les couleurs du rayon.

« Paaaaaaarfait. »

On a parfois de ces joies de dompteur quand on est un papa du dimanche.

Dompteur, peut-être. Décorateur, sans doute moins. J'ai laissé les enfants installer le sapin dans un recoin de la pièce, le temps d'aller chercher à la cave le petit carton marqué « Noël » que j'ai inauguré il y a quelques jours. Une étape de plus. Notre premier Noël à quatre. Il manque cruellement un personnage dans notre crèche familiale et c'est les yeux piquants que je sors de sa boîte celle que j'ai achetée au Monoprix de Saint-Cloud, avec les guirlandes. Et les boules.

Allez, il ne sera pas dit que ce Noël-là faillira à la tradition. Les enfants dansent déjà devant le sapin qui, peu à peu, prend fière allure. Une boule ici, une boule là, l'étoile de Noël au sommet, ça vous a une belle tronche. Les mains virevoltent, les guirlandes scintillent, les yeux aussi. Tellement appliquée que son visage, déformé, se reflète tout entier dans la boule qu'elle accroche, Lise apporte des commentaires à tout ce qu'elle exécute. Vincent brille par ses idées lumineuses, parmi lesquelles l'arrimage simplifié par fil de fer prétordu. Quant à Alice, prenant du recul, elle gratifie de son art l'ensemble des branches, délestant l'une pour lui en préférer une autre, ajustant une bande pailletée ainsi qu'une étole sur le cou d'un top model s'apprêtant à défiler. Le sapin, bon bougre et amadoué sous les caresses, n'en demandait pas tant. Oh, certes, il manque ces riens qui faisaient tout, il y a un an encore, ces nœuds de satin blanc, ces touches de givre, cette dernière main – toute féminine – qui vous changeait un gnome des sous-bois en prince de la forêt. Certes, ma crèche tout juste sortie de son carton ne met en scène que des personnages inamovibles, obstinément collés à leur socle et sans la moindre chance de faire vivre une grange digne de ce nom – ce n'est plus Bethléem, c'est le métro aux heures de pointe, avec Marie, Joseph, l'âne, le bœuf et les Rois mages postés les uns sur les autres au-dessus du couffin de paille. Certes, tout cela manque de bougies et de calendrier de l'avent, de ce petit souffle d'esprit et de magie qui rend Noël vraiment joli. Mais, foi de papa, tout sera en place pour le jour J.

« Bon, les petits loups, je vous autorise à regarder un peu la télévision pendant que je range. Mais pas de bêtises, hein ?

– Oui, papa ! » m'entends-je répondre en un chœur parfait.

Ce ne sont plus les Schtroumpfs, ce ne sont même plus les Trois Nains – Timide, Atchoum et Joyeux –, ce sont Fifi, Riri et Loulou quand leurs réponses se complètent en une même phrase. On peut reconnaître à la télévision la faculté de créer l'unanimité là où ailleurs elle paraît impossible. Reste à s'accorder sur le choix du programme, et là, j'attends du miracle qu'il se prolonge. Déjà, j'entends les chaises se mettre en place et le poste lancer ses premières salves sonores.

De mon côté, je me mets à la tâche : ranger, ranger et encore ranger. Cette activité ingrate et souvent inédite pour les papas du dimanche leur fait mesurer à quel point ils y ont échappé – ou du moins combien ils s'y sont soustraits – du temps où ils étaient aussi papas de la semaine. De là à dire que ceci explique en partie cela, il n'y a qu'un pas, que je viens de franchir en enjambant le fatras de vêtements et de matelas amoncelés qui encombre encore la petite chambre. Chaussettes, slips, pyjamas, doudous, beaucoup de choses ont tout de même été laissées en plan dans la précipitation de l'achat du sapin... Vivement que je prenne plus grand, qu'ils aient chacun leur espace bien à eux.

« Les enfants, j'ai besoin d'un coup de main ! Venez m'aider, s'il vous pl... »

Inutile de poursuivre, ils sont déjà là. La télévision a aussi ceci de prodigieux qu'elle fonctionne même par défaut, quand la simple menace de l'éteindre a raison des plus mauvaises volontés.

« Allez, chacun finit de ranger ses affaires, vous en avez pour cinq minutes », dis-je en tapant dans les mains comme j'ai vu faire à la télé dans les séries sur les colonies de vacances – mais le fait est que je suis le seul à applaudir cette idée. Finalement, chacun s'exécute, mais de mauvaise grâce. Vincent sacrifie une fois de plus à sa conception très personnelle du rangement – empiler les vêtements sans les plier – tandis qu'Alice pousse le zèle jusqu'à enfouir les affaires sales dans un sac en plastique. Il ne me reste plus que le matelas à redescendre au sous-sol. Me voilà donc dans l'ascenseur seul en sa compagnie, redoutant de rencontrer quelque voisin juste sorti de sa léthargie dominicale. Rien de tel n'arrive, Dieu merci, et c'est tout soulagé que je jette dans ma cave, comme on balance un cadavre dans la rivière, mon matelas entre vélo, caisses et valises vides. Je remonte. Parvenu au troisième, l'ascenseur ouvre ses portes sur une odeur tenace de blanquette ou de vol-au-vent. Si mes narines s'en trouvent flattées, ce fumet renvoie à une tradition du déjeuner dominical qui a l'art de me foutre le cafard. C'est bien l'une des rares images de la famille que je ne regrette pas. Même si ça sent très bon, je me console en épargnant à mes enfants le supplice du repas interminable, avec sauces lourdes, conversations d'adultes indigestes et regards pleins de regrets en direction d'un soleil brillant que ne parviennent pas à ternir les carreaux des fenêtres.

Heureusement, rien de tout ça dans le frigo des papas du dimanche. Eux ne connaissent que la mozarella-tomate (pour la caution légumes frais), le jambon-coquillettes (pour la caution sucres lents), les Grillados-purée-à-l'ancienne (pour la caution retour aux bonnes choses d'autrefois) et les Croustibat-haricots-verts-surgelés (pour la caution légumes avec légère culpabilité). Côté farandole de fromages, les inaltérables Caprice des Dieux et Vache-qui-rit font merveilleusement leur office, tandis que la ronde des desserts se compose essentiellement de Viennois chocolat, de Danette caramel et de Paniers aux Fruits de Yoplait. On le voit, peu de vrais fruits frais au menu, excepté les bananes (ludiques) et les pommes (qui croquent). Quant aux jours de fête, rien de tel que les Apéricubes et leurs devinettes (caution ludo-culturelle), les chips, et bien sûr, les esquimaux, patiemment choisis au prix d'âpres négociations devant le rayon surgelés du supermarché.

Inutile de dire que je ne déroge pas à ce régime alimentaire de base dont les spécialités gastronomiques ont pour mérite premier de ne nécessiter aucun matériel de cuisine particulier, sinon celui que l'on trouve en camping. Ça tombe bien, puisque je n'ai emporté dans mon exode brutal que mes casseroles d'étudiant, quelques Tupperware, une poêle qui attache et des cuillères en bois. Quant à ma cuisinière, elle se réduit à un modèle de camping (Calor) comprenant deux plaques chauffantes électriques et pas une de plus. Autrement dit : de four classique, point, de micro-ondes, encore moins. Adieu veaux, vaches, cochons, poulets, gratins et tartes, bonjour conserves et plats cuisinés-à-réchauffer-à-feu-doux.

C'est Lise qui ouvre la première les hostilités :

« Qu'est-ce qu'on a pour le déjeuneeeeer ?

– Du steak hâché et de la purée, ma fleur.

– Ouaiiiis !

– ... Et un œuf, si vous avez vraiment faim.

– Je mets les cocotiers, alors ? »

Cocotier. De cette perle-là non plus je ne me lasse pas.

« Attends, ma puce. On va demander à Alice et Vincent et, au cas où, on préparera les mouillettes ensemble. »

Elle a tourné casaque pour annoncer la bonne nouvelle aux grands. De leur manque total de réaction, je déduis qu'ils sont absorbés par la télévision, sœur ennemie dont je dois admettre qu'elle me rend parfois bien des services. Histoire d'en avoir le cœur net, je vais passer une tête dans le salon. Evidemment, je les trouve branchés sur Disney Channel, enfoncés dans une sitcom débile avec enfants grimaçants, rires préenregistrés et maman débordée mais complice. Pourquoi n'est-ce jamais un reportage sur Planète consacré aux dauphins, ou une rétrospective du Moyen Age sur la chaîne Histoire ? Pourquoi n'est-ce jamais un beau documentaire sur Odyssée, avec images d'archives et commentaires savamment vulgarisés ? Toutes ces chaînes, après tout, je les ai prises pour eux. Ce n'est pas maintenant que je vais capituler devant les crétins cathodiques à ice-creams et casquettes de base-ball, et il ne sera pas dit que je céderai à la facilité. Pas question de n'être qu'un papa-animateur, l'autorité paternelle va aussi se nicher dans les programmes télé, surtout lorsqu'on n'a que deux jours sur quinze pour l'exercer.

« Les enfants, vous n'avez pas autre chose à regarder que ces conne... que ces bêtises ?

– Ben, on sait pas, on n'a pas le programme...

– On NE sait pas » rectifié-je, d'autant plus galvanisé par ma mission éducatrice que j'en impute la nécessité aux doublages débilitants des séries américaines : par leur faute, en terre de France, les enfants n'utilisent plus les négations. Et s'il n'y avait que ça ! Me prenant au jeu, je poursuis en détachant chaque syllabe :

« Dans combien de temps cela finit-il ? »

Formule interrogative parfaite. Les enfants me regardent, ahuris.

« Euh... dans cinq minutes. C'est presque fini.

– Vous m'appelez quand c'est terminé, d'accord ? Je veux que vous regardiez des choses intelligentes. Pas que des séries ou des dessins animés.

– D'accord. »

Cinq minutes après, Lise, habituel émissaire de ses frères et sœurs, vient me chercher.

« Papa, c'est fini.

– J'arrive. »

Armé de ma télécommande, je me fais fort de bouter l'envahisseur yankee hors de mon petit écran. En un clin d'œil, nous sommes parachutés dans un reportage sur le réchauffement de la planète. Zap. La guerre en Irak. Zap. Les derniers gorilles. Zap. Des voitures qui brûlent. Zap, zap et zut ! Les tenir informés, oui, mais pas au risque de les rendre neurasthéniques ! Dans quel monde les a-t-on lancés, leur maman et moi ? Dans un monde d'actualités, car c'est l'heure du journal. Zap. Ah, enfin !

Nous voilà dans la savane, parmi les gnous. Ça c'est intéressant. « Regarde, Lise, le petit gnou, il est trop mignon !... Et puis regarde, tout le troupeau, c'est comme euh... comme dans *Le Roi Lion* ! »... Oups, ça m'a échappé. Enfin, bon. Cinq minutes passent encore, suffisamment longues pour comprendre que les gnous ne sont décidément pas des fauves et qu'ils ruminent des pensées qui ne doivent pas voler bien haut. Et puis, pourquoi faut-il que les commentaires de ce genre de reportages soient aussi pontifiants ? Plus sûrement qu'une balle en pleine gueule, la touche arrêt de mon zappeur a tôt fait d'anéantir un grand mâle en plein rut en train de piquer la femelle de son voisin. Il n'y a pas de petits règlements de comptes.

« Bon, les loupiots, vous me mettez la table ? »

C'est parti. Déjà les assiettes s'entrechoquent, les couverts tintent et les verres trinquent. « Eh-oh, eh-oh, on rentre du boulot... » Sacrément efficaces, les petits nains. Pas très spontanés dans le coup de main, mais efficaces. En quelques secondes, la table est mise et je n'ai pas du tout terminé de préparer mon déjeuner. Problème de timing. Euh, de tempo. Enfin, de coordination. Ça arrive souvent quand on n'a plus l'habitude. J'ai la parade : « Alice, prends les feutres et des feuilles dans le placard de l'entrée et faites-moi de beaux dessins. Allez hop ! » Aussitôt dit, aussitôt fait. Les voilà attablés dans le salon, le temps pour moi d'essayer de saisir non seulement mes steaks surgelés, mais aussi le mode d'emploi de la purée à l'ancienne Mousline :

1. Dans une casserole, portez à ébullition 3/4 litre (750 ml) de liquide (moitié eau, moitié lait).

2. Retirez la casserole du feu. Laissez tiédir 2 à 3 minutes pour obtenir la température idéale.

3. Versez les flocons en une seule fois tout en remuant. Laissez gonfler quelques instants. Mélangez, c'est prêt.

Prêt, c'est vite dit. Des petits schémas très bien faits viennent éclairer les maladroits (ou les demeurés). Une

« astuce gourmande » relativement simple (« ajoutez une noisette de beurre, mélangez doucement ») agrémente le tout. Mais mon problème, c'est que je ne suis pas du tout équipé pour mesurer précisément 750 ml de liquide – et encore moins 375 ml de lait et autant d'eau qui vont constituer le mélange. Le temps que je reprenne à zéro (en me fiant aux schémas) et que je trouve une solution (me fier aussi au hasard), les steaks hâchés décident d'un commun accord de grésiller dangereusement puis de cramer de concert dans un nuage de fumée – et la cuisine de sentir tout entière à la fois le graillon et l'improvisation. Même la purée semble s'y mettre pour contrarier mes inspirations de chef – du fond noirci de la casserole j'extrais un ciment jaune à grands coups de cuillère en bois. De saveurs à l'ancienne, point. Ou alors très à l'ancienne, façon cuisseau d'aurochs au temps des grottes. Au secours ! J'aurais dû les emmener chez McDo ! Vive les Big Mac, les Sundae, le ketchup et vive l'Amérique !

13 h 14

« Les enfants ! A taaaaaaaaaaaaaaaable ! Et lavez-vous les mains ! »

Lise ouvre le bal, immédiatement suivie par Alice. Faut-il qu'ils aient faim – ou qu'ils soient obéissants, ce que je me plais à croire – pour débouler aussi vite dans la cuisine. Je ne peux imaginer que ce soit l'odeur qui les allèche à ce point.

« Asseyez-vous vite, ça va être froid. Viiiinceeent ! »

Froid, c'est le mot. Prêt à tout pour évacuer l'horrible odeur d'huile brûlée qui a envahi les lieux, j'ai ouvert en grand la fenêtre sur un vent polaire. Ce n'est plus une cuisine, c'est le camp de base de l'expédition Dumont d'Urville. Alice et Lise ne disent rien, trop occupées à creuser un petit trou dans la purée qui fume encore dans leur assiette. Vincent exagère.

« Viiiinceeent !

– 'rive !
– Alors ! Tu viens oui ou non ?
– Oui oui...
– Je compte jusqu'à trois : un... deux... »
Un galop m'épargne d'avoir à compter jusqu'à trois. Ça va souffler dans les bronches. Je prends mon élan, et ma grosse voix avec.
« Tu te fiches de moi ou quoi ? Tu...
– Tiens, papa, je t'ai fait un dessin. »
Et voilà. J'ai l'air fin. Jean qui rit, Jean qui pleure, papa qui crie, papa qui bredouille.
« Oui, bon, écoute... quand même... En tout cas, c'est magnifique. Vraiment. Merci, mon grand. Allez, assieds-toi vite. C'était pour pas que tu déjeunes froid. »
Tu parles.
« Il est superbe, ton dessin. C'est une fusée, là ?
– Oui.
– Les couleurs sont très belles. Celui-là, il mérite d'être exposé. »
Vincent a le rouge aux joues. Etre exposé, pour un dessin, c'est la consécration. C'est être digne d'être scotché sur le mur d'honneur de la cuisine, parmi d'autres chefs-d'œuvre de l'art abstrait, pleins de ciels-plafonds gribouillés en bleu, de soleils en coin, de fleurs géantes, de maisons qui fument, d'oiseaux en V et de poissons gros comme des sous-marins. Etre exposé, c'est risquer de faire des jaloux – ainsi va le monde de l'art – , et je n'ai pas terminé de prononcer

le mot que les deux filles bondissent de leur tabouret pour aller me chercher leurs créations. Si Lise a usé une dizaine de feuilles, tout juste traversées d'un trait orange ou bleu au dépouillement d'avant-garde, Alice, quant à elle, me gratifie d'une somptueuse allégorie aquatique, avec dauphins, baleines et îles désertes. Plus un espace laissé blanc, rien que du travaillé, du colorié sans dépasser, le tout noyé sous une pluie de traits obliques s'estompant plus ou moins selon l'usure des feutres. Que faire ? Les exposer aussi, au risque de faire pâlir le triomphe de Vincent ? Ou y renoncer et s'assurer les foudres du clan féminin ? Tout exposer m'apparaît comme la meilleure solution. Je me fais pardonner en déposant dans l'assiette de Vincent l'entame du Caprice des Dieux, morceau de choix et de roi dont il fait son miel. Nous nous sommes compris.

« Eh bien, je suis gâté. » Me ravisant : « Allez, vous me raclez mieux que ça vos assiettes. C'était bon ? »

Un chœur de grommellements me répond. Lise a du ketchup sur le menton, Alice se tient courbée, Vincent vient de renverser son verre. La table de la cuisine est un champ de bataille, tout est normal.

« Je peux prendre le dessert ?

– Vincent, tu attends que Lise ait terminé son fromage. Et essuie-toi la bouche. Toi aussi. Alice, s'il te plaît, arrête de manger du pain tout le temps. Tenez-vous bien, on a presque fini. Ça y est, Lise ? Encore un effort. Une bouchée pour papa, une bouchée pour...

– ... maman...

– ... pour maman, exactement ma puce. »

Lise sourit. Alice me lance l'un de ses regards qui comprennent tout. Elle est rassurée. Il n'y a aucun problème, ou presque. Pour Vincent non plus, d'ailleurs, qui en a profité pour porter un coup sévère au Caprice des Dieux.

« Ça va, Vincent, tu es sûr que tu n'en veux pas un peu plus ?

– Non, merci. »

Les enfants et l'ironie, ça fait décidément deux, et c'est bien comme ça. Il range benoîtement la boîte dans le frigo et en sort les desserts : des yaourts aux fruits, « avec des vrais morceaux de fruits dedans ». Réaction immédiate et unanime – d'ailleurs je m'y attendais :

« Il y a des morceaux de fruits ?

– Bien sûr ! C'est ça qui est bon !

– Beeennn... *(moue généralisée)*

– Vous n'allez pas me dire que vous n'aimez pas ça *(pourquoi me le diraient-ils puisque je le sais très bien ?)*...

– En fait, pas trop... On préfère les aromatisés.

– Vous rigolez ? Je fais exprès de vous acheter des yaourts avec des vrais morceaux de fruits, les meilleurs, et vous préférez des trucs chimiques dégueulasses ?

– ...

– Je ne comprends pas. »

S'ensuit une envolée désenchantée sur les enfants d'aujourd'hui qui n'aiment que les poissons panés carrés avec les yeux dans les coins, les ouvertures faciles, les gadgets, les choses pas naturelles, sans compter qu'il y a des enfants dans le monde...

« C'est comme toi, papa. Le lait, tu n'aimes pas ça. »

C'est Alice qui mène la fronde.

« Le lait ? Mais j'adore ça, le lait.

– Pas le lait de vache.

– Mais tu veux qu'il vienne d'où, ton lait ?

– Je veux dire, pas le lait quand il sort du pis de la vache.

– Mais ça n'a rien à voir ! » Mauvaise foi, quand tu nous tiens...

Evidemment que ça a à voir. Pour moi, le lait ne vaut que tout blanc, immaculé, sans crème, sans peau, pasteurisé, dans un emballage Tetra Pak, et je ne conçois même pas qu'il puisse tomber par jets drus dans le fond d'un seau en zinc avec un bruit creux et des mouches tout autour, sur fond d'étable et de trépieds en bois. Quant aux poissons, le simple fait d'en voir un tout entier allongé dans mon assiette, la queue triste et l'œil torve dans son orbite roussie après cuisson me coupe l'appétit.

« Bon, je saurai désormais que vous n'aimez pas ça. En attendant, vous me finissez ces yaourts, on ne laisse pas la nourriture. » Raclements mous de cuillères des deux grands qui s'exécutent sans enthousiasme. Lise a sa tête à faire des histoires. Même les anges en font.

« Lise, ma fleur, tu es une grande fille, tu me finis ce yaourt.

– J'en veux pas. »

Est-elle trop gentille le reste du temps ? On dirait que, parfois, Lise veut compenser et, précisément, déroger de temps à autre à sa réputation de petit ange. Toujours le même problème : faut-il tenir bon pour le principe ou lâcher du lest parce que le jeu n'en vaut pas la chandelle et que je me fous éperdument de ce fond de yaourt ? Les deux grands regardent ailleurs, comme on scrute les premiers éclairs d'un orage qui s'annonce. Quant à Lise, elle tient bon, la tête obstinément penchée sur sa serviette en plastique turquoise. L'amadouer me paraît une solution.

« Allez, ma puce, fais un effort... »

A la bouchée qui se présente à elle, Lise répond par un pivotement de la tête. Mauvaise synchronisation. Moi qui avais misé sur sa capitulation, je vois ma cuillère pleine de vrais-morceaux-de-fruits percuter sa joue et s'y écraser mollement.

« LISE !

– OUIIIIINNNNN ! »

Pleurs. Jérémiades. Bouche tordue vers le bas. Mots incompréhensibles. Cette fois l'orage est là et les deux grands se couvrent comme ils peuvent, l'un en raclant son yaourt avec zèle, l'autre en rangeant frénétiquement les reliefs du déjeuner. Dans un silence pesant, je me retrouve perpendiculaire au tabouret de la récalcitrante dont le nez et les yeux coulent abondamment. Je déteste par-dessus tout voir ma merveille sangloter, mais pas question de céder : il en va de l'autorité des Papas du Dimanche, de la place de l'Homme dans la Société et du Statut Patriarcal. J'en suis presque à chanter *La Marseillaise* en même temps que l'exception pédagogique française quand je vois soudain ma réfractaire adorée prendre doucement mon yaourt des mains et le finir en trois coups de cuillère à pot, histoire de bien me faire comprendre qu'on ne va pas non plus en faire tout un plat. L'incident est donc clos. Les mains en anse derrière le cou, Lise détache l'attache de sa serviette en plastique. On jurerait un chirurgien qui dénoue son masque après une opération en affirmant qu'il a fait ce qu'il a pu pour sauver un malade. Mission accomplie, mon amour, mais les papas blessés, ça cicatrise mal. Attendri, amusé, vaincu, je me sors du pétrin en demandant à Alice d'aller chercher un Kleenex.

« Lise, tu dois te moucher. »

Non mais. Qui a pu penser une seconde que je n'aurais pas le dernier mot ? La Louise Michel du pot de yaourt obtempère tranquillement. Je n'en éprouve nulle gloriole, juste une sorte de soulagement. Au-dessus du mouchoir où elle a plongé son minuscule nez rouge, deux yeux mouillés, alors, me sourient. Oh, elle ne m'aura pas comme ça. Elle patientera bien... deux secondes avant que je ne la prenne dans mes bras. L'armistice est signé et la table, débarrassée comme par miracle.

13 h 54

Les adultes étant ce qu'ils sont – calculateurs –, je profite de l'entente cordiale pour proposer à Lise une petite sieste.

« Oh nooon, pas la sieste !

– Une toute petite petite sieste.

– Toute petite petite petite, alors ? me demande-t-elle en serrant les doigts en forme de pince à sucre.

– Toute petite petite petite, promis. Allez hop ! Et un petit pipi, d'abord. Pendant ce temps-là, mon Alice, tu vas faire tes devoirs. Vincent, tu as des choses à faire pour demain ?

– Euh... non non, j'ai tout fait à l'étude.

– Bon, j'aimerais que tu lises un peu, alors. »

J'aimerais surtout être un papa modèle, présent, assidu, qui suit les lectures de son fils – et de ses enfants en général –, histoire de pouvoir échanger un peu sur *Croc-Blanc*, *Le Dernier des Mohicans*, la comtesse de Ségur ou les aventures d'Harry Potter.

Hélas je ne vois tout ça que de très loin et je découvre avec surprise le livre que Vincent sort de son cartable : *La Maison ensanglantée*, dans la collection « Frissons ».

« C'est ce que tu lis ?

– Oui !

– Tu es sûr que c'est pour toi ?

– Oui, c'est Damien qui me l'a passé. » Damien, le fameux Damien, la référence suprême, le modèle absolu. Ras le bol, de Damien. Damien demanderait à Vincent de ramper dans la boue en tutu que Vincent s'exécuterait immédiatement. Je vérifie la quatrième de couverture. Livre conseillé aux 9-12 ans.

« Mmm... C'est plutôt à partir de neuf ans, quand même... »

Je chipote. Il le sait. Après tout, il lit, c'est déjà pas mal. Et puis bon, si ça peut l'aider à exorciser certains cauchemars que l'on fait à son âge...

« OK. Mais, après, tu me feras le plaisir de lire un peu de Jules Verne, tu verras, c'est...

– Jules quoi ?

– Jules Verne. Tu sais, *Vingt mille lieues sous les mers*, *Le Tour du monde en quatre-vingts...*

– Ah, oui ! »

Ah oui mon œil. Il ne voit pas du tout de quoi je parle. Question : les classiques d'une génération sont-ils les classiques d'une autre génération ? La culture doit-elle évoluer ? J'en suis là de mes interrogations quand un cri déchire le silence :

« Papaaaaa ! »

C'est Lise. Je bondis. Que fait-elle encore aux toilettes ? Sous la porte, je vois le rai de lumière.

– Oui ?

– Y a plus de papieeeeeer ! »

Et merde. Le papier. Je savais bien. Heureusement, j'ai mes serviettes en papier, spéciales papa-du-dimanche-qui-n'a-pas-de-lave-linge. J'ouvre la porte.

« Tiens, ma puce. Tout va bien ?

– Oui, oui », me dit-elle dans un souffle d'effort confondant de naturel. A peine ai-je fermé la porte que j'entends deux petits « ploc » trop mignons. C'est la même différence qui sépare un rototo de nourrisson – « ooooohhh ! » s'exclame alors l'assemblée, admirative – de l'éructation immonde qu'il laissera échapper plus tard après une bonne bière – et la même assemblée de faire « oooohhhhh ! » d'un air outré. Autant de réflexions emportées par la chasse d'eau que Lise tire soigneusement avant de sortir des toilettes, non sans en avoir au préalable éteint la lumière. Admiratif je suis, devant une conscience si précoce des nécessaires économies d'énergie auxquelles doivent s'astreindre les pays occidentaux. Etonné, aussi, de voir que mes consignes ont fini par rentrer.

« Au lit !

– D'abord, on fait l'avion !

– D'accord.

– Ouaiiiis ! Alice ! Vincent ! Papa va me faire l'avion ! »

La voir ainsi annoncer ce petit jeu comme un événement considérable me jette à la figure combien ce moment est important pour elle. Et, par défaut, combien ces moments doivent lui manquer dans la vie de tous les jours, malgré ce dont j'essaie de me persuader pour ne pas m'écrouler. Me voici sur le dos, les pattes comme des ressorts, avec ma petite fille allongée dessus, poings en avant et criant : « Supermaaaan ! » Elle goûte le moment présent, j'essaie de faire comme elle, c'est mon seul espoir d'être un super héros, puis elle se laisse tomber et se coule douillettement entre mes super bras. Si le bonheur, la béatitude et le paradis existent, alors il faut qu'ils se conjuguent pour avoir une petite chance de ressembler un tant soit peu à ce moment-là.

« Dors bien, mon cœur. A tout à l'heure. »

Je referme la porte sur la vision du petit corps recroquevillé sur le grand lit. Un hippocampe en train de dormir, le S de Sublime, Sérénité, Salut, ma petite fille à moi.

Dans le salon, ça bosse et ça lit. Alice est attablée, son cartable ouvert au pied de sa chaise. Elle est penchée sur son cahier et mâchonne son crayon.

« Tout va bien ?

– Je fais mes maths...

– Je vais faire la vaisselle, tu viens me voir s'il y a quelque chose que tu ne comprends pas ? »

Elle opine du chef. Je vais faire ma vaisselle. Je sais trop que si j'y renonce, j'aurai la flemme de la faire ce soir et qu'elle s'empilera tout au long de la semaine, jusqu'au stade où l'on se dit après tout, un peu plus, un peu moins, et tant pis s'il faut laver son bol chaque matin au-dessus d'un évier qui commence à refouler méchamment de la bonde. Je me lance à grands coups de Paic citron, puisqu'il n'y a ici pas plus de lave-vaisselle que de lave-linge. Youpi. Alors que je m'adonne à cette activité hypnotique, sinon agréable – seuls les gens qui font rarement la vaisselle y trouvent une volupté quelconque –, mes souvenirs de cours de maths me reviennent en mémoire. Bijections abjectes, transes des transitions, abscisses abyssales, ordonnées désordonnées... dès la sixième, j'avais jeté l'éponge, y trouvant même une sorte de coquetterie chic, voire une élégance que mon goût pour les lettres allait par la suite confirmer. Les zéros en maths avaient beau s'enfiler comme des perles tout au long de ma scolarité, les profs s'affronter à mon sujet lors des conseils de classe, je n'en avais cure et réussissais, bon an mal an, à ne jamais redoubler. Aujourd'hui, ces images remontent du passé en grosses bulles molles et je me dis qu'on gagne parfois à être devenu grand, sauf quand les petits viennent demander des comptes aux adultes-qui-savent-tout. En raclant le fond de ma casserole tapissé de purée brûlée, je me dis seulement : « Pourvu qu'Alice comprenne son problème, pourvu qu'elle ne vienne rien me demander, pourvu que... »

« Papa ?
– Mmm ?
– Je comprends pas.
– Je NE comprends pas *(je me dis : Vas-y, fais le malin tant qu'il en est encore temps)*.
– Je NE comprends pas. Mais alors vraiment pas.
– Montre ? »
J'ai dit ça en essuyant un dernier verre, le torchon leste et le menton dressé, en prenant la posture du serveur qui demande « Qu'est-ce que ce sera ? » au client qui vient d'entrer dans son bistrot.
« Polygone malin. »
Cette fois, on n'est plus dans un bar, mais dans un hôpital. Les deux mots viennent de claquer à mes oreilles comme une maladie incurable.
« Polygone malin ?
– Polygone malin.
– Je suis désolé. »
Alice l'est également. Déjà que je me méfie des polygones, mais alors quand ils sont malins… J'essaie de prendre la voix rassurante d'un médecin des urgences :
« OK, on va voir ça. »
Mon œil. « On » ne voit rien du tout, oui. « On » est complètement paniqué devant la délicatesse de cette opération qui n'a qu'un très lointain rapport avec les soustractions et additions d'antan. Des mathématiques, je ne connais décidément que les trous noirs – et encore je doute que ce soit ceux dont parle Haw-

king. Malgré tout, je me lance dans le vide sidéral de mon ignorance avec la témérité d'un spationaute abandonné sur une autre planète. Sous mes yeux, une sorte de trapèze à cinq coins me nargue méchamment.

« Bien, on va reprendre doucement. :

« 1. Construis le quadrilatère ABCD en vraie grandeur. Construis les symétriques des points C et D par rapport à la droite (AB). Appelle-les C' et D'.

2. Sans utiliser de règle graduée, calcule le périmètre du polygone ADCBC'D'.

Cite la propriété de la symétrie axiale qui te permet de justifier ce résultat. »

J'ai pris soin de détacher chaque syllabe comme on s'arrache les cheveux, un à un. Mais ânonner n'a jamais aidé les cancres à mieux comprendre. C'est juste un leurre pour gagner du temps et, si possible, la sympathie des témoins. Alice ne s'y trompe pas :

« C'est pas facile, hein... »

Je ne reprends même pas sur la négation, ce serait minable. Je me contente d'émettre un sifflement de machine enrayée.

« Comme tu dis... » Je botte en touche : « La seule chose qui me parle, là, c'est D'... (sourire d'Alice)... A côté, la purée Mousline, ça paraît simple...

– Comment ?

– Non, non, rien... Enfin, bon, mon Alice, les polygones malins, c'est quelque chose que vous avez étudié ?

– Oui...

– Alors tu devrais savoir le faire, non ? (J'ai honte.)

– Been...

– Tu sais, ma puce, c'est loin pour moi tout ça... »

Faux moine. Ça a toujours été loin, inaccessible, extraterrestre, intergalactique. Je persiste avec la (mauvaise) foi des charbonniers.

« Alice, essaye de réfléchir. C'est ton programme.

– Mais, pourquoi le poly...

– Ma fleur, franchement, j'y comprends rien. Je n'y comprends rien. Tu verras ça avec maman, elle a fait une seconde C. Elle est très forte en maths. »

Et voilà. Papa du dimanche, amateur et fier de l'être.

« Tu as autre chose à faire ?

– Je dois relire une fable de La Fontaine.

– OK, tu la révises et tu viens me la réciter. Je vais faire un peu de lessive, il faut que j'en profite tant qu'il fait un peu beau. »

Dix minutes plus tard, me voici penché devant le lavabo de la salle de bains en train de frotter mes slips et mes chaussettes au Paic Main. Derrière moi, une petite voix insiste : « La raison du plus fort est toujours la meilleure, nous l'allons montrer tout à l'heure... »

Frotter, encore frotter, toujours frotter, c'est ça le truc.

15 h 16

Alice finit de colorier une carte de l'Europe, Vincent lit, Lise dort, la vaisselle est faite, mes slips et chaussettes sèchent comme ils le peuvent au pâle soleil de décembre, la crèche est en place, le sapin brille de toutes ses boules... tout est bien. Je m'accorde cinq minutes de répit. Mon ami-Bertrand-qui-est-passé-par-là m'a dit qu'il y avait du bon dans ces temps morts et qu'avoir les enfants pendant le week-end n'obligeait pas forcément à une suractivité frénétique. « La vie, c'est ça aussi, m'a-t-il affirmé, ne rien faire. » Comme toujours, il parlait d'or. Et d'expérience.

Il faut dire qu'au début des temps difficiles, alors que mon appartement-témoin résonnait encore de sa nudité froide, je me sentais un devoir de faire de chaque « week-end enfants » (*sic* mon agenda) une course effrénée aux attractions diverses et variées.

J'étais Monsieur Activités. Un G.O. Un peu plus et je les accueillais en chantant avec un collier de fleurs autour du cou. Du vendredi soir au dimanche soir, pas une heure qui ne fût dûment remplie, pas un moment qui n'obéît à un timing rigoureux. Je connaissais pas cœur *Le Paris des tout-petits*. J'étais à l'affût des moindres opérations portes ouvertes. Pas un musée en herbe, pas une expo didactique qui m'ait échappé. Je traquais l'interactif, le sensoriel, l'intelligent spectaculaire. La vie avait décidé que les enfants seraient à Paris un week-end sur deux, alors soit, ils allaient en bouffer de la Ville-Lumière. Nous passions d'un aquarium à un musée des automates, d'une expo photos en plein air aux Arts océaniens. Nous sautions de La Géode à Beaubourg, et le Louvre serait pour la prochaine fois. Même déjeuner était prétexte à la découverte : ici un atelier du goût, là le Hard Rock Café avec ses requins, autobus et Marilyn Monroe accrochés au plafond ; ici encore, un bon vieux fast-food sélectionné pour son aire de jeux – « papa, on y retourne, tu sais, c'est là qu'y a le labyrinthe à étages, et les coussins géants, et... « Je me donnais bonne conscience en me disant que l'exercice faisait digérer les frites. Et puis quoi, n'est-ce pas ? les cheese-burgers ça fait partie de l'époque, c'est bien de leur apprendre les bonnes choses, les valeurs qui restent, mais pas question pour autant d'en faire des gamins coupés du monde, ceux qui n'ont jamais eu le dernier « Happy Meal », ceux qui ne portent jamais la bonne paire de baskets, ceux qui n'ont jamais vu la dernière pub dont tout le monde parle... D'accord, mais attention, ne pas en faire non plus des victimes de la mode, bouffis de marques et de logos... Non, non, bien sûr, c'est juste une question de dosage, faut trouver le bon équilibre, sacrifier un peu à l'air du temps sans pour autant en cautionner toutes les tendances... OK, mais vigilance, hein ? OK, vigilance, papa d'inquiétude, je ferais mieux de ne plus me prendre le chou, je ferais mieux d'aller lever Lise. Mais non, trop tôt.

« Vincent ?

– ...

– Vincent ?

– Mmmm ?

– Tu as fait ta liste au Père Noël ? »

Vincent baisse son livre et me regarde avec l'expression compassée qu'un petit garçon peut avoir à l'égard d'un papa qui pense encore que son fils croit au Père Noël. Embusqué derrière ses genoux cagneux qu'il tient repliés devant lui, il me fixe de ses yeux dorés. Un tout petit peu de fiel vient se mêler au miel :

« Des Pères Noël, papa, j'en ai vu trois, mercredi, à la sortie de l'Intermarché.

– Mmmm. Oui, bon, tu dis rien à Lise. »

Qu'est-ce que je vais bien pouvoir lui offrir, à mon grand fils de huit ans ? J'ai toujours peur de me tromper avec mon penchant pour les jouets sobres et de bon goût – Meccano à l'ancienne, reproductions de contes, maquettes en métal des plus beaux modèles de

Bugatti – et de le voir loucher, le lendemain de Noël, sur certains des plus gros cartons d'emballage entreposés devant les poubelles de l'immeuble : panoplies de Rambo et 4 x 4 radioguidés, avec pneus cloutés géants, flammes sur le côté, pilotes fluo et autres accessoires que seuls les adultes trouvent vulgairement en toc. La version joujou, en somme, de la gazette qu'Alice vient de sortir timidement de son cartable. Rien que des pages flashy, quadrillées de titrailles rose bonbon et saturées de points d'exclamation. Un cortège de lolitas languides et de bellâtres aux mèches cartonnées de gel fixant. Un défilé de Cynthia et de Steven qui, tout juste évadés des grilles de programme de la télé-réalité, répandent leurs états d'âme en interviews sacro-sucrées, le tout entre guillemets : *Britney Spears déjà enceinte? Exclusif : la première photo de Milo Lee sans son chapeau! Harlem : il drague toutes les meufs du Château! Jenifer : je rêve d'un mariage de princesse!...*

Je te ferais péter tout ça comme un bouton d'acnée, moi... Pas de chance, à propos de bouton, Alice vient de presser lâchement celui marqué « *power* » sur mon lecteur de CD. Cela ne serait pas grave si, dans l'autre main, elle ne tenait de quoi me faire replonger dans les calmants à hautes doses : le dernier album de Lorie. Elle s'arrête juste à temps.

« Je peux?

– Euh...

– J'ai fini mes devoirs.

– Non non, c'est pas ça, c'est juste pour Lise. J'aimerais qu'elle dorme un peu...

– Mais souvent, *à la maison*, on écoute de la musique, même quand elle dort...

– Oui, oui, bien sûr, mais des trucs plus doux, peut-être... » Et je rajoute, toute honte bue, histoire de porter l'estocade : « Lorie, c'est quand même vachement rythmé ! »

Double félonie. Non seulement je mens effrontément au sujet de Lise – elle dormirait pendant un concert de hard rock – mais en plus, j'use de méthodes sujettes à caution – amadouer ma fille en flattant ses goûts musicaux, trouver « rythmée » une daube inaudible sans me corrompre pour autant puisque trouver du rythme à une musique ne relève ni du compliment, ni du jugement de valeur, mais du simple constat. Je ne suis pas très fier de moi mais, allez, on l'a tous fait. Que le papa du dimanche qui n'a pas péché par ce genre de petit arrangement me jette la première pierre. On a tous prétendu qu'on n'avait plus de monnaie pour ne pas avoir à faire la queue devant un marchand de glaces, tous fait semblant de ne pas entendre une question embarrassante, tous affirmé au moins une fois que les restaurants d'autoroute fermaient à 15 heures et qu'il serait plus judicieux d'aller acheter des sandwichs à la prochaine station-service. A regret, Alice vient de rengainer son CD. Pour me faire pardonner, je propose un jeu, juste un quart d'heure, le temps que Lise finisse sa sieste ·

« Un 1000 Bornes ?
– Bof.
– Un Trivial ?
– Je perds toujours *(c'est Vincent)*.
– Un Eurêka ?
– Alice triche.
– Quoi, alors ?
– Le super jeu de l'oie !
– Ah oui, ça c'est bien ! »

J'aurais encore préféré la compil de Lorie. Car, derrière ce libellé innocent fleurant bon l'enfance, les pions et le bruit mat qu'ils font sur un carton déployé sous la lampe du salon, se cache en réalité un jeu redoutable, un gouffre à temps, une machine infernale capable d'immobiliser des joueurs épuisés pendant des heures. J'ai nommé l'infernal, l'effroyable, l'incomparable jeu de l'oie inventé par mon fils. Non pas un petit parcours en escargot jalonné de cases illustrées, mais un circuit d'environ sept cents cases qu'il a patiemment dessiné, morceau après morceau, sur des pages A4 ensuite rassemblées en un patchwork énorme. On ne compte plus les feutres et rouleaux de Scotch sacrifiés à l'élaboration du monstre – en comparaison, l'aventure du rail au Far West paraît une promenade de santé. On ne compte plus les heures qu'il a passées pour faire aboutir son grand œuvre, tête penchée, langue tirée et neurones en alerte. Le résultat ? Un vaste plateau de jeu pliable, révolutionnaire dans sa confection, facile à ranger –

celui-là même qu'Alice et Vincent, ainsi qu'une nappe de pique-nique, sont en train de déployer sur la moquette du salon. Déjà, j'en reconnais les pièges. Déjà, je prends mes précautions :

« Les enfants, il faudra peut-être qu'on s'arrête en cours de route, on ne va pas tarder à réveiller Lise...

– Oui oui ! » me répondent-ils en chœur, mais je sais bien que les enfants ne m'écoutent plus. Gourmands, aimantés, assis en tailleur, ils sont déjà prêts à en découdre, abîmés dans la contemplation de ce grand 8 déployé à leurs genoux. Je m'installe à mon tour, un pion à la main. Les dés sont jetés. C'est parti : « *On vous a invité à dîné, allé à la case 12... Avance de 77 cases... T'as bientôt fini... Rejoue ... P comme Prout... Il y a un bébé qui braille dans la case d'à côté, passe ton tour pour le calmer... Tu es bête, tu as oublié ton sac à la case 23 (sachant qu'on est à la case 297, ndla) ... Le gros pas doué va à la case 129, il fait beau par là-bas... Ah ah ah ah ... Bouh! Rejoue ta de la chance ... T'a peur avoue-le...* »

Sacré Vincent. Lui et son parcours, je les retiens. A force de tomber sur les têtes de mort dont le jeu de l'oie est littéralement miné, deux joueurs sur trois sont retournés dix fois sur la case départ (alors qu'ils étaient à quelques cases du but), tandis que le plus chanceux – moi – n'a reculé que de 132 cases. Mon fils a inventé le mouvement perpétuel et il ne le sait pas. C'est un génie méconnu, il a bien mérité de se distraire.

« Bon, il a l'air de vouloir faire beau. On se couvre et on va au Jardin d'Acclimatation, ça vous va ?

– Ouaaiiis ! » Un peu que ça leur va. On dirait Marc et Dominique, les jumeaux en sous-pulls qui faisaient la réclame pour la chicorée Leroux quand, petit, j'avais le droit de regarder la télévision le jeudi après-midi.

« Qui va réveiller Lise ?

– Moi !

– Moi ! »

... Et moi. Nous y allons tous les trois. Dans la pénombre, dans cette tiédeur pelucheuse qu'exhale une sieste d'enfant, Lise nous attend le derrière en l'air, prosternée dans son sommeil, genoux repliés sous elle, les bras le long du corps et la tête tournée de côté, comme quelqu'un qui se refuse obstinément à répondre à une question. Froissée, Lise. Froissée qu'on veuille la réveiller. Toute chiffonnée, comme les draps qui l'entourent et dont sa joue, rouge sous les mèches un peu collées, a gardé les empreintes. Mais avec elle, ça ne fait pas un pli : une fois le premier grognement passé – Vincent y est peut-être allé un peu fort en lui faisant le cri de Baloo dans l'oreille –, elle nous gratifie d'un sourire ravageur, roule sur le côté et se redresse, éberluée. Pommettes et lèvres carmin, regard encore embué, cheveux en bataille, barrette à la dérive ne tenant qu'à un cheveu.

« Qu'est-ce qu'on fait ?

– On va au Jardin...

– ... d'Atimation ? »

Les deux grands pouffent.

« D'Acclimatation, ma puce. D'Acclimatation. Alice, tu lui remets sa barrette ? On va y aller. »

Et Vincent d'insister :

« Lise, comment il s'appelle, déjà, le jardin où on va ?

– Vinceeeeent. »

Précaution inutile. Sa petite sœur a très bien repéré le « monège » de son frère. Elle répond, finaude :

« Je sais pas, moi ! Un jardin. »

Extraordinaire.

« Les enfants, si vous voulez qu'on en profite un peu, vous vous dépêchez. Allez hop ! »

Allez hop, c'est mon grand truc, mais pas besoin de répéter. Pour le Jardin d'Acclimatation, les préparatifs sont rapides. A peine le temps de dire ouf, et nous voilà déjà dans l'ascenseur. Lise est la plus rapide.

« C'est moi qui appuie sur le bouton.

– Mé-euuh, Lise, c'était déjà toi tout à l'heure.

– Vincent, tu feras la barrière de parking.

– Où est-ce que z'appuie ?

– Sur " moins un ", ma puce. »

Alice est au-dessus de tout ça.

« Mais pourquoi vous voulez tellement appuyer sur les boutons ?

– T'inquiète, ma fleur, avec l'adolescence ça va te reprendre. »

Oups, je ne sais pas ce qui m'a pris mais ma pauvre boutade la fait rire. Nous arrivons au sous-sol. Le parking déploie ses cent mètres de béton sous une lumière de néons. Les calandres de voiture avancent dans l'ombre comme des mufles de bovins au-dessus d'une mangeoire vide. Comme chaque fois, nous faisons la course. Bientôt, je n'aurai plus besoin de faire semblant de perdre. Alice et Vincent commencent à courir très vite. Quant à Lise, elle rit de toute façon beaucoup trop pour faire une sprinteuse sérieuse. Les portes claquent.

« Tout le monde est attaché ? Oui ? C'est parti. »

Comme convenu, Vincent appuie sur le boîtier de télécommande qui actionne à distance la porte du parking, avant de faire de même avec la barrière rouge et blanche qui sépare la résidence de la rue. Je lui ai dit qu'il fallait extrêmement bien viser pour que ces mécanismes fonctionnent et je ne m'étonne plus de le voir prendre une position de tireur d'élite pour accomplir cet exploit. Chaque fois c'est le même scénario : ne gardant qu'un œil ouvert, il tend son bras et, le doigt sur la détente, attend mon signal. « Feu ! » Immanquablement la barrière se lève et, immanquablement, je déclare à Vincent qu'il est très adroit. Aujourd'hui, je crois bon d'ajouter : « Encore plus qu'Yves Montand dans *Le Cercle rouge* quand il doit neutraliser le système d'alarme d'une bijouterie à l'aide d'un fusil à lunette. » C'est là que la balle m'atteint en plein cœur :

« Une bizouterie ? Tu sais, Guy, il a offert un beau bijou à maman. Un collier. »

Guy. Entendre ce prénom m'est déjà insupportable. Mais entendre ce prénom dans la bouche de ma petite dernière, voilà qui me donne envie de retourner le fusil à lunette et de me le coller entre les deux yeux, histoire de me faire, moi aussi, un joli cercle rouge. Je ne bronche pas et regarde droit devant moi. A la déflagration que la phrase de Lise a causée dans ma tête je réponds par un blanc. Le coup du silencieux en somme.

De toute façon, que dire ? « Par Guy, ma chérie, tu veux parler de celui qui a foutu ma vie en l'air et qui, pendant un an, m'a serré la main avec un grand sourire alors qu'il venait d'embrasser ta maman dans les coins ? C'est bien de lui que tu parles, mon amour ? De ce chic type à qui tu dois, le dimanche soir quand je te quitte, de t'accrocher à mes genoux en pleurant, de voir ma voiture s'éloigner dans la nuit et s'engouffrer dans un tunnel long de douze journées qui n'en finissent jamais ? C'est bien lui, n'est-ce pas, le généreux donateur, le roi des bijouteries, le faiseur de solitaires ? Hein ? Et alors, il est joli ce collier, sur maman ? Il a bien de la chance d'être pendu à son cou... » Mais non, le jeu n'en vaut pas la chandelle, je ravale ma peine, et ma salive avec, il me faut rester stoïque. Et mettre, un peu morveux, mon orgueil sous mon mouchoir. La pédopsy a dit : il faut tourner la page, oubliez la rancœur, la rancune, avancez dans la vie. La pédopsy a dit : si vous dénigrez « l'autre », vous montez vos enfants contre leur propre mère. La pédopsy a dit : les enfants se font bien à une séparation, ce qu'ils ne supportent pas c'est de voir leurs parents tristes et pleins de haine. Et à la pédopsy je dis : moi je veux bien, mais putain que c'est dur de devoir se taire, putain que c'est atroce de fermer sa gueule, ce n'est plus un cercle rouge, c'est un cercle vicieux, et vicieux est le mot, entendre ce nom honni prendre forme comme une bulle sur les lèvres en cœur de mon amour chéri, ma petite fille adorée qui ne pense pas à mal, mais j'ai envie de mordre, j'ai envie de hurler, vous comprenez, docteur, j'imagine la scène devant les trois enfants, MES trois enfants à moi, oh le joli collier, il te va bien, maman, et je les vois partout, nouvelle petite famille, au restaurant, miam le bon croque-madame, à la fête forraine, miam la barbe-à-papa, drôles de mots, hein, docteur, j'en rirais presque à mon volant, du rire plein mes sanglots, mais qu'il touche à un cheveu, docteur, à un cheveu de mes enfants et ce sont ses bijoux, ses bijoux à lui, à lui le béni-oui-oui, que j'éclate à coups de pompes. En attendant ce grand jour, j'ai mis de la musique et j'interroge Lise pour faire diversion :

« Une bizouterie, mon cœur, c'est une boutique où on vend des bizous ? »

Reste à trouver une place pas trop loin de l'entrée du Jardin d'Atimation. Je ne suis pas le seul à avoir eu l'idée de les emmener là. Les allées du bois sont transformées en concessions Saab, Volvo, Mercedes et BMW. Tout l'Ouest parisien s'est donné rendez-vous.

Ça pullule de quadras en bonne santé physique et financière, avec les deux enfants réglementaires et le setter irlandais qu'on laisse avec un filet d'air à l'arrière du 4 x 4. Ça y est, c'est fait, mais c'est à regret que nous quittons la voiture. Pas question de perdre la face devant les enfants, je ne suis pas seulement le meilleur cuisinier du monde, je suis aussi le roi du créneau et j'ai réussi à glisser ma grosse quatre portes dans une place d'Austin Mini. Nous sommes à moins d'un kilomètre des grilles d'entrée, faut pas se plaindre. Nous voilà dans l'enceinte. Il y a dans l'air cette odeur de crottin, de ménagerie et de gaufre qui n'appartient qu'au lieu. Bon Dieu que ça caille. Il faut croire que le vent, lui aussi, a décidé de venir se dépenser par ce bel après-midi de décembre. Il court entre les manèges comme un gros chien incontrôlable, trop content de nous mordre les jambes et les flancs. Le fameux train-dragon du Jardin d'Acclimatation n'a qu'à bien se tenir, ce n'est pas lui qui nous fait trembler le plus. Contre le grand frisson, vive les bonnets de laine ridicules et les gants immettables. Dans la queue des autos tamponneuses, nous sommes le clan des nez rouges, à la file, quatre Dalton perdus au pays du froid.

16 h 49

Dans les tasses qui tournent nous avons eu le vertige, au stand de tir le lot le plus petit (une boîte de boules de gomme alors que Vincent visait l'avion à détendeur) et à la pêche à la ligne, le bonheur d'accrocher au moins trois canards jaunes. C'est dire si les enfants ont mérité que je prononce l'unique mot qui vaille à leurs oreilles, le seul vocable qui justifie pour eux le fait qu'une journée succède à une autre et légitime du même coup toute forme de sortie, activité, promenade : j'ai nommé le goûter, cette pause sacrée dont les petits sont friands, même quand elle semble intervenir, dans l'esprit bio-rythmé des parents, sitôt la dernière bouchée du déjeuner avalée. Ce qui, en l'occurrence, n'est pas le cas puisque nous avons déjeuné assez tôt et que le froid creuse l'estomac aussi sûrement que des gerçures au coin des ongles.

Bref, l'heure est venue de sacrifier au rite. Non pas en sortant d'un petit sac une plaquette de chocolat et une demi-baguette, façon grand-mère attentionnée ; ni en brandissant un paquet de BN et une gourde de grenadine, à l'ancienne, façon papa qui pense à tout ; mais plutôt à la manière grand seigneur, en allant droit vers la petite maison à colombages d'où s'échappent de vertigineuses odeurs sucrées, parmi tout un déballage de moulins à vent multicolores, ballons de baudruche multiformes et autres guimauves pendouillantes. Crêpe ou gaufre, chocolat, vanille ou confiture, c'est au choix, c'est la fête, on rase gratis. Pas de biscuits mous ou de banane noircie, allons-y, gaufres Nutella-Chantilly pour tout le monde, des monstres de calories et de taches potentielles. Les enfants attaquent, mordent, plongent les dents et le nez dans les plates-formes à double étage, se mouchent littéralement dedans. Le sucre vanille s'envole, les serviettes suivent, Lise ressemble à une gueule noire après un coup de grisou chocolaté, les joues, le menton, les sourcils sont atteints, c'est un cauchemar total, la Chantilly tremblote sous ses doigts minuscules, ça dégouline de partout entre les alvéoles, je vois les premières gouttes de chocolat tomber sous son col de doudoune tandis qu'Alice et Vincent, nourris de leur expérience, jugent préférable de se mettre dos au vent. Les minutes sont longues et les gaufres, n'en parlons pas. Et puis enfin, parmi les tables désertées, le massacre prend fin. Nous avons tous une bouille de sanguinaire barbouillé, moi compris. Lise me présente dix doigts à faire peur. Je tâte mes poches avec des gestes de coupable : rien, aucune serviette en poche, aucun mouchoir, même usagé. Une maman, elle, l'aurait eu, le Kleenex salvateur. Elle aurait su tamponner les lèvres des enfants d'un geste circulaire, efficace, évident. Et elle n'aurait de toute façon jamais laissé les serviettes s'envoler dès la première bouchée. Mais voilà, de maman, il n'y en a pas. Il n'y a qu'un papa qui s'impatiente un peu, demande à ses enfants de ne pas bouger, va demander d'autres serviettes en papier à la vendeuse, revient, trouve trois statues, les mains en l'air. C'est comme ça, un papa du dimanche, ça veut faire plaisir et ça gâche toujours un peu la fête en faisant des hold-up sans faire exprès.

Nous voici dans l'aire de jeu, cet endroit magique du Jardin d'Acclimatation où les enfants ne sont pas sollicités toutes les secondes par une nouvelle odeur de beignet, un clignotement de manège, un nounours à gagner au chamboule-tout. Ici, pas de file d'attente, pas de jetons à dégainer. A trois jets de crêpe du Yoyo-manège (Zzzzzzouiiiiiiyouyouyouzouiiiii), du Pieuvrator (Douig douig douig douig douig et allons-y, on s'accroche, c'est parti pour décrocher la luuuuuu-uuuuuuuune) et du Stock-Kids (aaaaaaaaaaallez c'est partiiiiiii, vous appuyez sur la pédale, et hoooo-oooooop-là), le tout au rythme de vingt-cinq discos emmêlés (boum tch boum tch boum tch), on trouve un havre de paix, un sanctuaire, quelque chose qui tient du miracle. A l'écart de la foule, de la fête, parmi bosquets et haies taillées, de paisibles jeux de bois attendent, en troupeau, que des gamins viennent les chevaucher, leur tirer l'oreille, les faire basculer, grimper sur leurs flancs, leurs échines de métal. Parmi les bancs épars, au détour des allées, il y a de grosses balancelles, des cages à poule, des mâts de bois hérissés d'aspérités et de masques indigènes, des toboggans creusés dans la roche, des coccinelles géantes, des souterrains et des sièges glissant le long de leur câble comme des petits téléphériques. L'ensemble de l'enceinte est dominé par la bien nommée araignée géante, immense pyramide déployant une résille de câbles assez serrés pour que des grappes d'enfants puissent s'y suspendre sans courir de danger.

Vincent y est déjà et, saisi par la danse de Saint-Guy, s'emploie à traverser une sorte de pont de singe reliant l'araignée géante à son équivalent, plus modeste de proportions. Alice attaque la face nord de l'édifice, je la trouve déjà un peu haute à mon goût et je tremble à l'idée qu'elle puisse manquer un appui – faut-il que mon souhait de la voir « se débrouiller » l'emporte sur mon élan premier, qui serait de la rejoindre illico pour lui demander de descendre sous un prétexte quelconque. Merveilleux âge, en revanche, que celui de Lise, qui ne l'incite qu'à se laisser inlassablement glisser le long d'un toboggan de la hauteur d'un escabeau. Elle m'observe à chaque fois pour voir si je la regarde. Le seul vertige qui m'envahit alors tient dans cette question : combien de fois, dans sa vie loin de moi, me cherche-t-elle ainsi, les yeux d'abord rendus brillants par la fierté, puis par la déception de ne pas me trouver ?

J'y suis, sur le banc. J'y suis et je contemple mes enfants, à m'en gaver. Et puis les autres. Les papas du dimanche, bien sûr. Ce sont les seuls qui déchiffrent leurs SMS. Je les reconnais à ça, mais aussi à leur expression un peu égarée, un peu ailleurs, maladroite. Ils ont la quarantaine, un look un peu tendance. On sent qu'ils ont mis à profit une liberté nouvelle pour prendre soin d'eux, s'acheter des crèmes anti-rides, anti-poches, *Lendemain de fête* de la gamme Nickel et autres crèmes miracle. Ils ont des baskets Puma rouges ou orange, des jeans Diesel, des vestes cintrées en velours côtelé, des cols roulés, de vieux manteaux à martingale récupérés aux Puces, des favoris et des cheveux en bataille. Surtout, ils sont mal rasés. Je sens qu'ils ont raté autant que moi leurs steaks hâchés-purée du déjeuner, je sens entre nous des liens tissés à l'improviste, ceux d'une fratrie secrète dont les membres sont inscrits au gré de la vie, un club dont les jeux de l'amour et surtout du hasard tiennent lieu de viatique. Leurs enfants trébuchent, se font mal, sollicitent, pleurnichent, en rajoutent un peu et eux, les papas du dimanche, ils disent « je te rappelle » à une femme du moment, ou terminent leur texto d'un gros pouce fébrile avant d'accourir, parfois de mauvaise grâce.

Quant aux autres, les papas de tout le temps, je les reconnais aussi. Ils ont le même aspect sauf qu'ils sont bien rasés, ne portent leur portable qu'au fond de leur poche et ont à leur côté une femme qui a bien l'air d'être la leur. Je les observe, fasciné. Qui sont-ils, ces mecs ? Quel est leur secret ? Certains ont l'air terne, beaucoup ont l'air heureux, ce sont ceux-là qui m'intriguent. Surtout quand ils ont en plus une belle gueule, une jolie épouse et des enfants ravissants. Si ça se trouve, ils sont en plus sympas comme tout, rigolos, pleins de fric et passionnants. Si ça se trouve, ils savent aussi dégainer une boîte à outils pour monter une cuisine en moins de deux ou réparer un aspirateur. Si ça se trouve, ils font la meilleure tête de veau ravigote du monde, savent jouer du Chopin comme ça, l'air de rien. Avec un peu de chance, ils sont aussi des amants parfaits, des maris modèles, tendres, attentionnés, et des pères comme on n'en fait plus. Ils me tuent. Ils sont un mystère. Je me console tristement en me disant qu'avant d'autres m'ont perçu comme tel en se trompant lourdement. Et qu'aujourd'hui, je me fous bien de comprendre la notice de fonctionnement d'un magnétoscope.

Et puis il y a les femmes. Elles passent, ici comme ailleurs, dans ce Jardin comme dans les vies de tous ces messieurs. Petit, on se dit toujours qu'on s'achètera plein de bonbons une fois devenu grand et, une fois devenu grand, on s'aperçoit qu'on ne les achète pas, ces bonbons tant convoités. Les hommes sont pareils. En couple, ils se disent qu'ils séduiraient toutes les femmes s'ils en avaient la liberté, le loisir, le temps – et de rêver à la dérobée à ces nouveaux bars qui s'ouvrent, à ces nouveaux restos branchés où l'on croise des jolies filles et des gens insouciants. Mais ça ne manque pas : une fois esseulés par le hasard des circonstances, ils n'ont pas plus envie de faire les beaux que de dévorer douze Bounty d'affilée. Ce ne sont plus les lieux tendance remplis de gazelles aux jambes bronzées qui les attirent – ou alors accidentellement, au détour d'une rue ou d'un verre de trop. C'est tout le contraire. Les voilà qui se surprennent à s'imaginer en plein catalogue Habitat, un bras sur l'épaule d'une trentenaire aimante, une main sur une télécommande, avec en arrière-plan des petits enfants en pyjama qui jouent avec un bon gros chien docile. Quant aux fameux lieux branchés, à vrai dire ils ne les connaissent plus et je peux en témoigner : au début, quand j'ai été lâché dans la nature, c'est à peine si je ne cherchais pas mes adresses de restaurants dans Pariscope à la rubrique « Paris la nuit ».

Enfin, elles passent, les femmes. On les suit. Du regard, du moins. A quoi bon ? Les plus belles sont des machines de guerre. Non seulement ce sont les plus belles, mais en plus elles sont brillantes. Autonomes. Copines quand il faut – pas les dernières pour les histoires de cul qu'on se raconte entre potes. Farcies d'humour deuxième degré qui décape. Mères énergiques, assurées. Nuancées au boulot, plus fines, l'intuition et le joli sourire en plus. Une couche dans une main, un portable dans l'autre. Et pomponnées, avec ça, prêtes à partir, sexy – la jeune fille au pair est là, elle a toutes les consignes. Les acquis du féminisme, elles en ont plein leur dérision, elles en ont pris le meilleur. Les soutifs, elles ne les brûlent plus, elles les portent joliment, remplissant à merveille des balconnets La Perla hors de prix. Quant aux hommes, loin de les vouer aux gémonies, elles regardent leurs fesses avec des sous-entendus de troufions en goguette. Reste que, derrière le blindage, il y a des midinettes au cœur tendre qui attendent le prince charmant en lisant leur horoscope dans les magazines *people*. Entre les jolies plantes carnivores et les fleurs bleues, le plus dur est de savoir à qui on a affaire – elles sont souvent les deux, c'est le bon moment qu'il faut choisir. De quoi se sentir, quand on est un pauvre homme tout ballot, analysé, décrypté, décodé, disséqué au premier regard. De quoi se sentir, d'emblée, un peu découragé, un peu perdu. Comment s'en étonner ? Moulinex a libéré les femmes pour faire plus vite la cuisine mais ce sont les hommes qu'elles ont bouffés tout crus avant de mettre des tailleurs et de gagner de l'argent. Ensuite une star a dit qu'avoir un bébé était une révélation, alors les femmes ont décidé d'avoir des bébés et plein de temps pour elles, histoire de faire des confitures maison parce qu'il ne faut surtout pas passer à côté des choses simples.

Tout est allé très vite mais, dans ce beau chaos, il y a un petit mouchoir qu'elles ont laissé tomber à force de marcher vite : la douceur. Dommage, c'est juste ce dont les papas du dimanche ont le plus besoin. Alors, pour conjurer la peur qu'ils ont devant les « passantes » de Brassens, ils n'ont que deux solutions. La première, c'est œil pour œil, sexe pour sexe, appelée aussi technique du magicien : on est adultes, on se plaît, on baise, et on disparaît. La seconde, c'est le jeu du chat et de la souris : tiens, il n'y a pas que le mmmm dans la vie. Il y a aussi, je ne sais pas, de la tendresse, du « j'avoue que je l'aime bien » dans l'air, et même du « plus sérieux » entre deux portes, mais alors attention, pas question de se l'avouer, il faut que les dieux soient avec soi, des fois qu'on tombe sur une qui s'emmerde avec son mari qui roupille, ou une autre qui veut faire un nouveau papa à ses enfants déjà grands, ou une autre qui, le temps passant, veut juste faire un géniteur à un bébé éventuel... Trop de cicatrices, de cuir durci, la vie est passée par là, il arrive un moment où la flemme prend le dessus sur la femme approchée. Alors, on reste sur son banc, on regarde les couples heureux, on s'émerveille du nombre de miracles, de hasards et d'inconsciences accumulés pour qu'ils en arrivent là, lui avec son Adèle sur l'épaule, elle avec son Paul dans les pieds. On reste sur son banc public, sans amoureuse à bécoter et pour un peu on se cacherait derrière un panonceau marqué au feutre gras « je suis à prendre ou à laisser »....

« Les enfants ! »

Les enfants sont parmi les derniers à être encore là. Il fait presque nuit, un froid de gueux, l'air glacé a ce petit fond de brûlé qui fait de l'hiver un âtre froid. Je les vois, infatigables, galoper dans tous les sens, sûrement en sueur sous leur doudoune.

« Les enfants ! On va y aller !

– Déjà ?

– Déjà ?

– Déjà ? »

Les enfants sont un écho à eux tout seuls.

« Il va faire vraiment nuit. On file...

– Mais on vient...

– Allez ! »

Allez demander à des ouistitis de lâcher leurs branches. Je vois trois petites silhouettes se laisser tomber d'une sorte de totem cranté d'espaliers. Comme réveillés dans un frisson, les lampadaires du Jardin s'allument au même moment dans un clignotement. C'est vraiment l'heure de rentrer. J'ai reculé l'échéance à son maximum. Je sais qu'en pénétrant dans la voiture, c'est aussi dans la phase douloureuse que nous allons entrer. Elle nous attend dans la nuit, seule dans l'allée du bois où j'ai eu tant de mal, tout à l'heure, à trouver une place. Dans l'intérieur frigorifié, tandis que les enfants soufflent fort dans leurs mains, je décide de dessiner sur la buée du pare-brise un clown dont le sourire est juste celui que je n'ai pas envie d'avoir. Là-dessus je mets le chauffage à fond, je démarre et, avisant une portion de trottoir de dix mètres de long, vide de tout véhicule, fais mine de m'y garer en ratant mon créneau. A plusieurs reprises, seulement guidée par la maladresse outrancière dont je fais preuve, la voiture se retrouve perpendiculaire au trottoir mais je m'obstine toujours à vouloir aboutir dans ma manœuvre absurde. Gagné. Les enfants ont un fou rire et chaque contact du pneu arrière contre la marche de ciment les fait hoqueter davantage. Je regarde mon clown sur le pare-brise chauffé de l'intérieur : à la place des yeux, il a deux gouttes d'eau et tout son maquillage s'est mis à couler.

« Ça roule, les petits lapins ? »

Est-ce ce rien de forcé dans l'intonation ? Pour un peu, je me pinçais le nez en beuglant de toutes mes forces : « Alors les zentils p'tits z'enfants, ça vaaaa-aaaaaaaaaaaa ?... » Mais un coup d'œil dans le rétro suffit à me persuader d'arrêter mon cirque : mon petit public n'applaudit pas. Il bat juste des mains pour finir de se réchauffer.

Musique. Sale temps pour la fanfare, comme disait l'autre. Mais bon, pas question de laisser pour le moment la tristesse me gagner. C'est moi qui dois la vaincre. Je suis quand même le papa le plus fort du monde, bordel de merde. C'est le moment de siffloter, de faire des zigzags, de m'arrêter tout net en faisant semblant d'avoir aperçu un éléphant derrière un arbre. Si ce n'est pas encore le grand bluff – ça, ce sera pour plus tard –, c'est déjà l'entraînement.

18 h 25

Cette fois, c'est Vincent qui a eu le privilège de composer le code extérieur. Du coup, Lise a eu droit aux deux boutons de l'ascenseur – celui pour l'appeler, celui pour monter. Parvenu au palier du troisième étage, l'ascenseur ouvre ses portes sur des odeurs de cuisine que, décidément, nul courant d'air n'a pu dissiper. De cet espace confiné, hermétiquement lisse, j'entends monter, comme amorties et déjà loin, les voix de mes enfants qui enlèvent leurs chaussures avant de les déposer dans le couloir de l'entrée. Foutue vie bien rangée, planifiée, réorganisée. Mes trois amours sont rangés dans leurs cases horaires. Tout est en ordre, désespérément. L'instant est bien choisi pour passer en pilotage automatique. Le sapin m'en fournit l'occasion. Je l'avais presque oublié, celui-là.

« Lise, allume les lampes que l'on voie notre beau sapin ! *Mon beau sapin, roi des forêts...* »

Lise adore allumer les lampes. Elle a, pour le faire, les grâces d'une petite fée déclenchant un miracle à chaque coup de baguette. Les deux grands, campés devant l'arbre illuminé, reconsidèrent, songeurs, l'œuvre accomplie. Vincent rajuste une guirlande, Alice la remet à sa place. La dispute couve.

« Mais euh...

– C'était très bien comme ça...

– Papa, elle a...

– Je n'ai rien vu, débrouillez-vous, dis-je lâchement en n'ayant rien manqué de la scène. De toute façon, c'est l'heure du bain.

– Oh nooon » !

L'heure du bain, c'est la formule magique pour réconcilier Alice et Vincent en un chœur parfait.

« Alors prem's ! »

Vincent a été le plus rapide et Alice répète :

« Oh nooon !

– Eh si, mon Alice. Allez, Vincent, à poil et au bain, les filles, vous me mettez la table.

– Oh nooon ! »

C'est parti pour la grande synchronisation du soir. Une sorte de ballet rythmé de pas pressés, d'assiettes posées, de couverts qui s'entrechoquent. En guise de fond sonore, on entend la baignoire se remplir sous l'effet d'un jet dru et bien chaud. Pour faire bonne mesure et par besoin de calme, j'ai mis Radio Classique. Un puissant bel canto s'élève dans les airs tandis que mon Vincent, zizi à l'air et sautillant, apparaît pour rejoindre ses vapeurs de hammam. En jetant dans la poêle de quoi constituer ma recette numéro 2 – poissons panés-maïs –, je suis pris d'un fou rire qui ne me quittera qu'à la vue de la valise qu'Alice roule dans l'entrée. Comme à l'accoutumée, ma grande a fait le tour de l'appartement pour faire voiture-balai, traquant ici une chaussette, là un pion de jeu, ici encore un livre ou un sirop contre la toux laissé sur la table de nuit. Cette valise, je la hais autant que mon placard à chaussures. Les pyjamas, les pulls, les trousses de toilette s'y empilent, ça marche comme sur des roulettes, c'est trop cool comme dirait Alice, et même qu'on dirait qu'on partirait en vacances, avec maman, tous les cinq, et même qu'on aurait deux valises bien remplies, pas des valises comme sous les yeux de papa, mais des valises pour aller loin, une pour les parents et une pour les enfants...

« Tu as regardé partout, mon Alice ?

– Oui oui.

– Sous le lit et tout et tout ? »

Je la vois acquiescer.

« Bon, tu dis à Vincent de se dépêcher, maintenant. Lise, prends les serviettes, ma puce. Après, tu peux aller lire un peu. Je t'appelle dès que c'est prêt.

– Tu me racontes une histoire ?

– On n'a pas le temps, mon amour. Dès que Vincent sort du bain, tu y vas avec Alice. VINCENT ! TU DEVRAIS ÊTRE SORTI, MAINTENANT ! »

Un vague borborygme répond à mon impatience. Je sais que la tension monte, ça ne devrait pas mais c'est comme ça et ce sera toujours comme ça. En attendant, aucun clapot, aucun pas mouillé sur le carrelage ne me donne à penser que Vincent ait avancé en quoi que ce soit dans ses ablutions.

« VINCENT, JE TE DONNE TROIS MINUTES ! »

Le temps d'un œuf à la coque, en somme. Soudain, dans l'eau bien chaude, je sens que ça frémit, que ça bouge, que ça cogne contre les parois. Mon fils s'apprête à battre le record du monde d'un triathlon en trois étapes : l'autonettoyage, le séchage, l'habillage. Le délai ne s'est pas écoulé que je vois mon danseur étoile regagner la chambre en quelques entrechats, cette fois enroulé dans une serviette éponge. Ce n'est plus Casse-Noisette, c'est la Bayadère.

« Les filles, c'est à vous. » Plus péremptoire qu'un metteur en scène un soir de première.

Inutile brusquerie. Les filles sont déjà dans les coulisses, enlevant leurs vêtements plus vite que nécessaire. Les filles savent que rien n'est moins patient qu'un papa du dimanche quand il voit venir le moment de la séparation. Alors les filles sont déjà dans leur bain et leur papa se dit qu'il serait bien dommage de terminer le week-end sur une note négative. Il tente de se rattraper, gros balourd qu'il est :

« Ça va, l'eau du bain ? Pas trop froid ? «

Aucune réponse ne me parvient, sinon celle, éloquente, de rires éclaboussés. Le maïs mijote, le colin pané aussi, c'est le moment d'aller voir où en est Monsieur Vincent. Je le trouve plongé dans une bande dessinée, encore drapé dans sa tunique. A ma vue, avec ce flegme dont il ne se départ jamais, il baisse son livre et me demande seulement :

« Je me rhabille ou je garde mon pyjama ?

– Tu te rhabilles, mon grand.

– Je peux finir ?

– Oui, mais grouille-toi. Les filles vont bientôt sortir et ça va brûler.

– Où ça ?

– Le maïs. Allez, remets tes vêtements, après tu peux lire. Dès que j'appelle, tu viens. Et avant, tu rapportes la serviette dans la salle de bains. »

Alice passe, enveloppée dans une grande serviette. Derrière elle s'envole un chérubin qui aurait perdu et son arc et ses flèches. Tout en petites fesses, en épaules dorées et en ventre dodu, Lise paraît au seuil de la cuisine :

« Qu'est-ce qu'on a pour le dîneeeeer ? »

C'est à ce stade du dimanche qu'elle se met toujours à faire le bébé.

« Parle normalement, ma puce. Tu es une grande fille maintenant. Du maïs et du poisson pané.

– Et pour le dessert ?

– Des crèmes caramel comme tu aimes. Avec des cookies.

– Des cookies Saint-Jacques ? »

Elle repart, ravie de son effet. J'entends des rires dans la chambre. Le sommier du lit doit passer un mauvais quart d'heure. Je leur ai dit mille fois de ne pas sauter dessus, mais je n'ai pas le cœur à les gronder maintenant. Ça rigole de plus belle. Je baisse le thermostat sous mon maïs et je vais quand même voir. Vincent s'est enroulé dans un édredon et les deux filles se laissent tomber sur l'escargot géant. L'abat-jour de la lampe de chevet a déjà trinqué et la scène se déroule dans un grand pêle-mêle de serviettes mouillées et d'affaires pas rangées. Il y a encore quelques semaines, j'aurais un peu craqué. Cette fois, la fatigue cède aisément devant un amusement mâtiné de lassitude. Rien n'est grave. J'ai juste peur qu'ils se fassent mal. Et l'heure tourne plus vite encore que Vincent dans sa roue.

« Les lapins, vous me rapportez tout de suite les serviettes dans la salle de bains et vous vous rhabillez, ça va être prêt. »

Mon intervention inopinée a figé la scène. J'ai l'impression d'avoir appuyé sur « pause » juste avant la fin du film. Je n'ai pas le dos tourné que la séquence reprend. Il semble en plus que quelqu'un ait appuyé sur le « + » de la touche « volume ». Il faut vraiment qu'ils viennent, maintenant. Ça commence à sentir le roussi.

« Les enfants !... LES ENFANTS ! »

Cette fois, on a coupé le son. Tout net. Pourquoi faut-il toujours crier en majuscules pour obtenir ce que l'on veut ? Je fais irruption dans la chambre à la vitesse d'un boulet de canon.

« Je n'ai aucune envie de crier mais si vous m'y obligez, je vais le faire ! » annoncé-je en hurlant.

Lise est impressionnée, je vois ses yeux s'alarmer et son menton trembler. Ma main plane dans les airs comme un oiseau de mauvais augure. Le derrière de Vincent échappe de peu au plongeon du faucon. Cette fois, on ne rigole plus. Alice a tout de suite senti que le ciel était bas. Elle entreprend de plier les serviettes avec un zèle ostentatoire. Je reprends mon calme. Je leur en veux d'avoir à m'en vouloir de m'être laissé emporter.

« Bon, l'escargot, tu sors de ta coquille...

Les autres pouffent, et se reprennent aussitôt.

« ... Et vous, les filles, je vous donne deux minutes pour ranger ce bazar. Allez hop. » En appuyant autant sur mon effet de surprise que sur le bouton de ma montre, j'enclenche le chrono de celle-ci. La trotteuse se met en marche, je montre aux trois enfants la course saccadée qu'elle vient d'entamer autour du cadran. Fonction « *forward* » oblige, tout s'accélère soudain. Deux minutes après, les voilà tous les trois au garde-à-vous dans la cuisine. Comme tous les enfants, ils en font trop dans l'autre sens. Ils ont la componction des Rois mages et s'approchent doucement de la table dressée. Il n'y a que trois assiettes, je dînerai seul, après. Lise me lance un regard intimidé qui me cloue sur place. Manquerait plus qu'ils aient peur de leur papa du dimanche. Je ne suis pas loin de reprendre l'édredon pour faire l'escargot au pied du frigo.

« Bon, asseyez-vous », dis-je d'une voix désolée.

Raclements de gorges et de chaises. Je sens se former dans mon ventre une boule énorme. Un grain de maïs de la taille d'une bonbonne de gaz. Je sais qu'il va falloir commencer à bluffer, à déployer une énergie incroyable pour faire semblant d'être gai. Debout derrière mes trois loupiots attablés en rang d'oignons, je me surprends à marcher de long en large dans le peu d'espace de la cuisine. A me déplacer ainsi comme un lion en cage, à me camper de temps à autre, jambes écartées et bras croisés, en surplomb de mes dîneurs, j'ai l'impression soudaine d'être un surveillant dans une cantine. Un pion. Une étrange impatience me gagne, celle des amoureux qui se séparent sur un quai de gare et ne savent plus quoi se dire après l'étreinte. C'est ça, les dimanches soir des papas du dimanche, des poches de temps trouées qu'on fouille désespérément à la recherche d'un temps révolu.

« Et si on changeait un peu de musique ? » Je suis prêt à tout pour dissiper la gêne. A subir en boucle toutes les Lorie, Jenifer et Emma qu'il faudra. Dieu merci, Vincent prend les devants, cherche une station. Après la courte audition d'un chanteur maniéré de la nouvelle chanson française, l'amerrissage se fait en douceur sur les ondes calmes des amateurs de jazz. Dave Brubeck laisse échapper ses contre-rythmes dans l'atmosphère douillette de l'appartement. Pour fêter ça et continuer sur cette lancée, je décide de bombarder Vincent à l'aide des derniers grains de maïs encore présents au fond de la poêle. Après quelques minutes pesantes, le succès est immédiat. Les yeux s'éclairent, les sourires resurgissent, les rires éclatent à nouveau. Un papa de meilleure humeur, c'est bien, mais alors un papa qui fait des bêtises, c'est carrément inespéré. J'en serai quitte pour un ramassage en règle mais peu importe, dans la minute présente je suis prêt à me verser une boîte de cinq cents grammes sur la tête, pourvu que ça les amuse. Avec le jazz, la java est là, ces deux-là sont décidément faits pour s'entendre. Et le dîner s'achève sur des notes tellement joyeuses que j'en oublierais presque que ce bonheur va se refermer dans quelques minutes, en même temps qu'une valise, avec le bruit propre et net d'une fermeture Eclair.

« Faites un petit pipi avant de partir, Alice, ma fleur, tu fais un dernier tour. » Partir, dernier tour, je ne m'y habituerai jamais. Pas plus que je ne m'habituerai aux questions que Lise ne va pas manquer de me poser dans les minutes qui suivent.

« Papa, qu'est-ce qu'on fait maintenant ? »

Aïe, voilà que ça commence.

« Je vais vous raccompagner chez maman, avec la voiture, dis-je d'une voix qui se veut légère mais qui n'est que blanche.

– Pour combien de nuits ?

– Plusieurs nuits, mon amour.

– Et demain, je viens te réveiller ?

– Pas demain, ma puce. Moi, je vais rentrer dans ma maison, je ne pourrai pas être là.

– Ah. »

Toujours le même supplice. Savoir les choses, les vivre, mais être obligé de les formuler, de les répéter avec des mots simples, de les enfoncer à nouveau comme un clou dans la tête d'une petite fille qui veut en avoir le cœur net – et qui l'aura brisé. Avoir à tourner mille fois sa langue dans sa bouche comme autant de couteaux remués dans une plaie. Avoir à entendre une fois encore ce « ah » désabusé, qui dit tout à lui seul parce qu'il n'y a rien à ajouter, sinon des grimaces.

« Tu veux faire pipi, ma Lise ?

– Non, je veux mon papa. »

La consonance est bonne, l'astuce est bien sentie, mais elle ne nous fait rire ni l'un ni l'autre. Je prends Lise dans mes bras, ses bras entourent mon cou, ses jambes mon ventre, un koala enserrant son tronc d'arbre. Dans de grands fracas de chasse tirée et de porte ouverte, Alice vient nous sauver en nous disant qu'elle a fait le tour et qu'on peut y aller.

19 h 48

Rembobinage. On refait tout à l'envers. On prend les mêmes valises, mais cette fois, on ne monte plus, on redescend. Mon moral est comme l'ascenseur, il a des hauts et des bas. Pour rejoindre la voiture du retour, Lise vient d'appuyer sur le bouton « moins un ».

Dans le parking, jamais épuisés, les enfants font une dernière fois la course jusqu'à mon box. Je ne peux pas y participer, je porte leurs bagages, sac à dos et cartables compris. Les voilà partis dans de grands fous rires. Leur gaieté ne me peine pas, bien au contraire, elle me rassure. Après tout, c'est leur maison qu'ils rejoignent. Ils y ont leur maman, leur chambre, leurs jouets, leurs posters, leur école à deux pas, leurs amis pas loin. Suresnes, c'est exotique, c'est chez papa, mais ce n'est pas pareil.

A peine dans la voiture, le grand bluff se poursuit. Tout commence par un point de contrôle façon pilote de Boeing, histoire de mettre l'ambiance coûte que coûte.

« Mesdames et messieurs bonjour, bienvenue à bord de cet appareil de la Papa Airlines, veuillez attachez vos ceintures je vous prie. La température dans ce parking est de – 10 degrés, nous allons bientôt décoller et vous souhaitons un agréable voyage. »

Les enfants sont ravis. La vie est un jeu, même quand on perd, c'est ça le message du commandant de bord. Il ne sera pas dit que le trajet du retour sera triste, j'ai même prévu une collation à bord : un paquet de fraises Tagada, dégoté entre deux cartes dans la boîte à gants. De même, des animations sont prévues par la compagnie. La première est toujours la même : je fais semblant de ne pas connaître mon plan de vol. A chacune des petites rues qui nous séparent du pont de Saint-Cloud, je fais mine de ne pas savoir quoi faire.

« Et là, où je vais ?

– A droite !

– Et là ?

– A gauche ! »

Ça marche à tous les coups. Si les enfants adorent les surprises, ils ne se lassent jamais non plus de certains rituels qui sont pour eux autant de repères. Des balises pour oublier les valises. Des causes qui produisent les mêmes effets. De même qu'au jardin public je n'échappe jamais à un « chat couleur » dont l'action se déroule toujours au même endroit – entre la cage à poules et la moto à ressorts –, je ne peux concevoir de les raccompagner un dimanche soir sans faire semblant de me perdre, tourner mon volant au dernier moment et entrer (au moins une fois, c'est le clou du spectacle) dans une impasse ou un garage. Ces subterfuges sont au vrai bonheur ce que les cartons d'emballage sont aux jouets qu'ils renferment, mais après tout, ne dit-on pas que les enfants préfèrent souvent les premiers aux seconds ?

J'en suis là de mes réflexions lorsqu'un bruit de sac qu'on fouille se fait entendre. C'est Alice. A son air affairé, je sens qu'elle s'apprête à compenser une frustration, sinon à assouvir une vengeance, ruminée un après-midi durant. Mon intuition est bonne. L'objet de mes soupçons ne tarde pas à apparaître. A la lumière du dernier feu qui précède le pont de Saint-Cloud, je vois maintenant sa tranche miroiter et cette seule vision suffit à couper court à toute velléité de nouveaux jeux, comme « J'ai dans ma valise » ou « Le portrait chinois ». Car ce que vient de brandir ma fille aînée d'un air triomphal n'est rien de moins que le CD de Lorie dont j'ai honteusement prétendu il y a quelques heures qu'il allait réveiller Lise.

« On peut l'écouter, maintenant que Lise est réveillée... » me lance-t-elle ingénument tandis que les premières notes de boîtes à rythme montent dans l'habitacle.

« Pas de problème... »

Il a ce « je ne sais quoi »
Qui fait mon cœur chavirer
Cette façon d'être ailleurs comme ça
Il semble m'ignorer

Quatorze titres vont suivre cette entrée en matière. De *Toute seule* à *Ne me dis rien* en passant par *L'Homme de ma vie*, ils ont pour seule vertu de combler l'un de ces silences du retour dont je redoute toujours qu'ils trahissent ma tristesse. Avec Lorie, pas de problème, elle chante fort et je pousse la comédie jusqu'à pousser la chansonnette au diapason de l'idole des teenagers. Ceux qui me connaissent le savent : c'est souvent quand je chante que je suis le plus triste. Qu'est-ce qu'il ne faut pas faire pour être le plus fort des papas du dimanche ?

J'ai envie qu'on se dise
Tous nos moindres secrets
Car je resterai...
Ta meilleure amie

Mais déjà nous approchons. Après l'autoroute A13, la N12 égrène les lumières de ses lampadaires tandis qu'en face, dans la direction de Paris, les embouteillages se succèdent. Sur la banquette arrière, Vincent et Lise se sont écroulés, marionnettes abandonnées, tête contre tête, à un sommeil réparateur. Alice, quant à elle, se laisse bercer par le ronron du moteur, perdue dans ses pensées. Dans son œil un peu éteint, je décèle une lassitude dont je veux me persuader qu'elle relève d'une fatigue ordinaire là où niche peut-être, ainsi qu'un oiseau de nuit, la plus insondable des tristesses.

Philadelphie, cette ville où tu vis
C'est si loin de chez moi
On s'écrit souvent
Mais à quoi tu penses vraiment ?

Pontchartrain, Neauphle-le-Château, Montfort-l'Amaury. Un frisson me saisit, il m'est familier. Là débute la terre des souvenirs. Là commence le pays où j'ai vécu cinq ans. Depuis quelques kilomètres, il n'y a plus de lampadaires pour éclairer la route, qui déroule ses virages dans une obscurité encore sauvage, propice au surgissement d'un lièvre ou d'un chevreuil, parmi les champs de colza et de blé. Des fermes apparaissent dans les phares, des bosquets d'arbres, je les connais par cœur. Au gré des petits villages traversés se succèdent les longères où je n'ai plus d'amis, les magasins où je ne vais plus faire mes courses, les écoles où je ne vais plus chercher mes enfants, avant que ne brillent enfin, au bout d'un chemin creux, les fenêtres d'une maison où je n'ai plus ma place.

Même quand on est tous les deux
Je te sens ailleurs
Quand tu me serres contre ton cœur
J'aimerais tant voir dans tes yeux
Un peu de... Couic.

Le grincement du frein à main et le silence soudain imposé à Lorie (qui l'avait déjà mise en sourdine) ne parviennent guère à réveiller quiconque. Il faut la lumière crue du plafonnier, jaillissant tout à coup à l'ouverture de ma portière, pour éclairer mes petits amours sur cette réalité : nous sommes arrivés, je vais les laisser, je vais repartir. L'un après l'autre, je les vois sortir de leur léthargie tandis que sur mon cœur un étau se resserre qui le broie comme une noix.

« Les enfants ! On y est ! »

Ça sonne un peu comme dans mes souvenirs, quand on arrivait passé minuit dans la villa de Lacanau et que soudain l'odeur des aiguilles de pin s'engouffrait d'un coup dans l'habitacle confiné de la voiture, plein d'haleines tièdes, de courbatures, de cheveux en bataille et de gâteaux écrasés... Ça sonne un peu comme la voix enjouée de parents poules, tout heureux de réveiller leurs poussins au premier jour des vacances. Moi, j'y serais bien resté encore un peu, dans cette voiture, avec les enfants. Au chaud, baignés d'une douce obscurité, rassurés par les lumignons du tableau de bord, bercés par le moteur... Mais les voilà chez eux et déjà leur maman apparaît sur le perron, blottie dans un manteau endossé vite fait.

« Rentrez vite ! »

Ils ne se font pas prier. Un portail qui grince, des crissements de pas sur le gravier, je me retrouve seul à ouvrir le coffre pour en extraire les bagages. Un frisson glacial me traverse. Sans doute l'écart de température avec Paris...

« Les enfants, vous pourriez m'aider ! » Tu parles, personne n'entend. Je les vois dans les encadrements de fenêtre, sans le son, déjà loin. Jolie famille en vérité, on dirait un soir de Noël sans Noël. Je réclame un peu d'aide une nouvelle fois en vain, je me dis que ça sent bon la terre un peu givrée. J'imagine que c'est ça, rentrer du bureau, juste couper le moteur, respirer un grand coup, annoncer « C'est moi » à toute une maisonnée, recevoir un baiser de sa femme et savourer déjà les cavalcades à l'étage, les volées de robes de chambre et, pourquoi pas, sur le feu, un truc en train de mijoter..

Cassé en deux, le bagagiste pousse d'un coin de valise la porte qu'on a bien voulu ne pas fermer complètement. Je ne m'annonce pas, je ne dis pas « C'est moi », pas la peine, on m'a reconnu. Devant mon embarras, tout chargé que je suis de sacs et de doudous qui se pendent à mon cou, *elle* arrive empressée :

« J'avais refermé la porte pour garder la chaleur... »

J'ai envie de répondre : « Eh bien, tu vois, le froid est rentré », mais je préfère me taire et pose ces bagages qui ne sont plus à moi... avant de les reprendre, démonstration soudaine de leçon bien apprise, pour les poser sur le palier du premier. Un coup d'œil dans les chambres, sur toute cette déco qui m'échappe complètement – trop de posters dans la chambre d'Alice, ça ruisselle de photos de bellâtres gominés, de bimbos dénudées, d'autographes indigents... Un tour dans la chambre de Vincent, un bateau en Kapla qu'il a construit sans moi et très bien réussi, toute cette vie qui tourne si bien comme ça... Et puis la salle de bains où je me sens gêné devant tous ces produits de femme, ces trousses déballées qui me rendent indiscret malgré moi – est-ce bien avec *elle* que j'ai vécu quinze ans de ma vie ?

Je redescends les marches avec le sentiment tenace d'être de trop. Ils sont tous dans la cuisine, *elle* en tenue de dimanche froid, col roulé écru et chignon vite fait, jean élimé et Converse, les deux plus petits lui tirant les manches, lui racontant tout, tandis qu'Alice, assise, loin des réalités gnangnan des retrouvailles, parcourt nonchalamment *Le Petit Quotidien* arrivé samedi dans la boîte aux lettres...

« Tout s'est bien passé ?

– Très bien. Faut encore un peu demander pour avoir un coup de main, mais bon...

– Ah, ça... c'est pareil ici... De temps en temps, ça mérite une petite fessée... hein, les pirates ? »

Je coupe court à cette démonstration un peu jouée de sévérité bienveillante.

« A part ça, rien de spécial, on s'est promenés...

– On est allés au Jardin d'Atimation, précise Lise.

– D'Acclimatation, corrige Alice sans lever les yeux de son journal.

– Et puis on est allés chercher un beau sapin... hein, les enfants ?

– Ouais ! clament-ils en chœur. Au fait, papa, tu l'as vu le sapin d'ici ? »

Qu'est-ce que je n'ai pas dit ! Les voilà qui m'encerclent en grande cérémonie et m'entraînent par la main dans la salle de séjour. Là trône le plus beau sapin de Noël que j'aie jamais vu. Un putain de roi des forêts, ample et majestueux, aux branches givrées tout alourdies de boules nacrées, sillonnées de guirlandes d'argent, papillonnant de nœuds exquis et surmonté d'une étoile du berger somptueuse, dont la pointe supérieure vient toucher le plafond comme le doigt levé d'un premier de classe.

« Ouaou ! dis-je en m'étranglant, sans pouvoir m'empêcher d'avoir une pensée pour mon sapin-gnome, avec sa pauvre écharpe scintillante et sa boule rouge en guise de nez de clown. Ça c'est du sapin ! »

Un sapin de maman. Un sapin de maman qui a du goût, tout étincelant de petits trucs de maman, de petites combines, un sapin qui porte sur lui non seulement les plus jolis ornements imaginables, mais aussi et surtout toute l'attention d'une petite famille presque au complet, qui s'est attachée un après-midi durant à le rendre beau. Chaque boule reflète ce moment qu'ils ont dû passer ensemble à sortir les décorations d'une vraie belle boîte marquée « Noël » et calfeutrée de coton. Chaque nœud témoigne de gestes appliqués, accomplis dans la réalisation d'une œuvre commune dont on sait qu'elle sera réussie. Nulle amertume dans mon silence, nulle envie mal placée, juste une conscience de l'évidence et, soudain, l'envie de m'en aller. Très vite. Avant qu'Alice,

Vincent ou Lise n'ait l'idée de me faire les honneurs d'une crèche dont je perçois en un coup d'œil la féerie de papier brun moucheté d'étoiles, de santons éclairés, de paille et de mousse, je décide que le moment est bien choisi pour prendre mes jambes à mon cou. Après tout, j'ai fait mon temps réglementaire, discuté de deux ou trois points de détail avec *elle* non sans faire preuve de la courtoisie qui sied aux parents responsables.

Dont acte. A peine ont-ils le temps d'entendre mon au revoir lâché à la cantonade, de sentir un baiser fugitif sur leur joue que déjà je me dirige vers la sortie, incapable de rester une seconde de plus, happé vers une solitude que je sais éprouvante mais salutaire : un dernier écho de voix m'accompagne sur le seuil, j'ouvre la porte comme on ouvre des vannes et cours trouver refuge dans ma voiture. On n'imagine pas comme il peut pleuvoir sous un ciel étoilé, c'est à peine si je n'enclenche pas les essuie-glaces pour y voir plus clair.

Moteur, ça tourne. La voiture d'un papa du dimanche sur le retour est la chose la plus vide du monde. On a le cœur gros. On se laisse tomber sur le siège avant. On pèse de toute sa peine sur les amortisseurs. Le siège du passager, la banquette arrière n'ont aucun sens. Ils sont vastes et sombres et creux et silencieux comme des canyons. Aucune respiration n'y palpite, aucune voix n'y chuchote plus, tandis que, derrière les fenêtres illuminées que l'on vient d'abandonner, il y a une vie qui repart, un petit monde qui se remet à tourner. Je le sais : que la voix de l'un de mes trois résonne dans ma tête, qu'une image du week-end apparaisse, que le souvenir d'une petite main dans la mienne s'imprime encore sur mes doigts, et le cumulus crèvera à nouveau en une pluie énorme qui aura le mérite de me laver de l'intérieur. Là se noieront mes questions, mes « pourquoi », mes « pourquoi mais pourquoi j'en suis arrivé là ? »...

Et puis, comme d'habitude, la route finit par se dégager peu à peu dans le double faisceau des phares. Je ne peux prendre l'A14 sans y voir une métaphore facile : Tiens, mais c'est le film de ma vie qui se déroule sur cette bande noire crénelée de lignes blanches. C'est ma vie qui se débobine au rythme d'un moteur qui évoque diablement celui d'un projecteur... L'illusion est parfaite... L'émotion aidant, les images en super-8 défilent au fil d'une chronologie tremblante, mouchetées de ces innombrables points et rayures qui trahissent l'usure d'une copie trop souvent visionnée. Rencontre, mariage, vacances, maternités, disputes, tout s'accélère. Au point que, lorsque surgissent enfin les tours de la Défense au détour d'une grande courbe, je me surprends à être à 160, une main sur le volant et l'autre sur mes genoux, dans la pose nonchalante du héros fatigué qui joue avec sa vie, abusé par le rôle que, sans m'en rendre compte, je me suis inventé pour continuer le film ou bien l'arrêter net dans un grand fracas de sang, de tôle et de cris.

Le temps de me dire que je n'ai rien à faire dans ce drame, la voiture frôle le rail de sécurité et c'est *in extremis* que je rétablis le cap pour m'engouffrer en levant le pied dans les tunnels de Nanterre, honteux de ce jeu débile dont l'issue bien réelle, si je n'y prends garde, pourrait être un lieu blanc déserté par mes anges.

21 h 47

Ultime tunnel avant le pont de Neuilly. Ça bloque sous la Défense. Les gens rentrent de week-end. Dans les cathomobiles, les enfants Cyrillus s'excitent un peu sur la banquette arrière. Des amoureux se blottissent dans les décapotables. Des couples semblent énervés d'avoir raté le début du western sur TF1. Tant d'autres films muets se déroulent ainsi derrière les vitres. Dans cette pénombre saturée de néons et de gaz d'échappement, des milliers d'acteurs jouent sans le savoir. Moi, je ne suis pas mauvais dans l'inertie absolue qui succède aux sanglots. Ça me vient comme ça, je ne l'ai pas travaillé. Une petite voix s'élève, d'où vient-elle, je l'ignore, Lise explique que les tunnels sont des serpents qui nous mangent, pour une fois les deux grands ne disent rien, Vincent n'a pas de rire moqueur. Je me retourne, il n'y a personne, le tunnel est en proie à une inondation, on dirait bien que le serpent va mourir noyé.

Je roule sur les quais de Suresnes. J'entends encore des voix, c'est la Seine qui veut ça, les sons portent mieux sur l'eau. Jusqu'à un certain point, du moins. Car j'ai beau tendre l'oreille en arrivant devant l'immeuble, rien ne vient interrompre le silence revenu dans l'habitacle de la voiture. Pas de « C'est moi qui ouvre », ni de dispute au sujet de la commande de barrière, ni de bravos quand celle-ci se soulève sous l'effet d'un tir de sniper. Rien de cette agitation impatiente que je sens derrière moi quand je fais ma manœuvre pour me garer dans le box. Rien, désespérément rien. A l'heure où les papas et les mamans de la résidence sont installés pour la séquence plateau-télé du dimanche soir, leurs enfants s'endormant heureux de les savoir si près, mes pas résonnent lugubrement dans le parking et je pense au baiser que mes trois petits sprinters n'auront pas ce soir à l'heure du coucher, qu'ils attendront peut-être, fût-il donné dans un grattement de menton par leur papa-hérisson.

Troisième étage. Allez, hop, on enlève ses chaussures, on accroche son manteau aux cintres et hop, on... On s'abandonne à ses pensées. Mes amours. Ce salon vide est tellement plein de leur présence. Ça tient à peu de choses, un jouet qui traîne, des livres déplacés, des plis sur le plaid du canapé, un parfum de shampoing à la pomme, une vibration dans l'air, comme l'écho d'un rire qui ne s'est pas tout à fait tu.

Je marche de long en large. Dans la salle de bains, il y a encore le marchepied Ikéa moucheté de bleu, mais aucune petite fille n'y est plus juchée sur la pointe des pieds, penchée sur un robinet difficile à ouvrir. Dans la cuisine, je retrouve au fond de l'évier les assiettes, déjà séchées, elles aussi, telles qu'ils les ont laissées empilées, c'est-à-dire n'importe comment, avec cet art de l'équilibre instable dont ils sont seuls capables. Dans la chambre, les traces d'une ultime bataille d'oreillers – je leur avais pourtant demandé d'être sages. Quelques chutes de découpages, sous la table, dans le salon. Un ou deux feutres... Maintenant je vais tout gommer, rendre à mon deux pièces l'aspect d'un appartement témoin, propre et net. Ranger le marchepied, repousser les tabourets qui ne serviront plus pendant douze jours, laver la vaisselle, essuyer la serviette bavoir avec des précautions d'enfant de chœur, ramasser les copeaux de papier, lisser l'édredon, tasser les coussins. Aérer un grand coup, faire partir leurs rires, leurs derniers échos retenus prisonniers, mais aussi mes cris juste avant leur départ, comment ai-je pu... ? Je vais prendre un verre, et puis mes habitudes de célibataire adouci, avec ses petites manies et ses grandes déprimes. Bref, je vais redevenir un papa solitaire qui compte sur la semaine pour se distraire de ses enfants, qui s'effrondre en pensant qu'ils ne pensent pas à lui, qui se nourrit n'importe comment, avec des dîners improvisés, du genre pain Harry's à la moutarde et Chocopop-lait en dessert, qui apporte ses fringues sales au pressing, qui dort mal, s'asphyxie, se couche comme on se jette dans la gueule du loup, hurle dans ses nuits blanches, invente de nouveaux gestes placebos dont il n'est plus dupe, vide trois paquets de chips en regardant la télé, essaie de garder la ligne, de s'habiller mode sans faire ridicule, ne trouve pas l'équilibre, regarde ses chaussures quand un couple amoureux échange des baisers dans une file de cinéma, connaît par cœur les menus respectifs de Quick et de McDonald's, compare les mérites des Dips sauce barbecue par rapport aux Mac Nuggets sauce curry, redoute les coups de fil où sa petite tribu lui répond à la queue leu leu par des oui et des non, fait le pantin au bout du fil pour ne pas s'écrouler, grimace, se rattrape, tousse maladroitement, se dit qu'il n'est plus qu'une moitié de papa, un père à temps partiel, mais se retient, parce que, *dixit* la pédopsy, les enfants sont des buvards qui sentent quand ça ne va pas et s'imprègnent des mauvaises ondes...

Oui, je vais redevenir un papa en solo, mais en attendant, je me console en m'adossant à la porte de la cuisine pour mieux y contempler, de longues minutes durant, mon bestiaire secret, mon mur d'honneur. Là, je me remplis de coccinelles qui sourient, de fumées en tire-bouchon sortant des cheminées, d'oiseaux-poules, de papillons géants, de soleils à lunettes, de collages et de gommettes. Là, je me gave de mes chefs-d'œuvre. Il y en a de tous les genres, de tous les styles, de toutes les couleurs. Des gribouillés, des fous, des appliqués. Des fabuleux, comme cette vache de Lise au corps de pomme de terre, au mufle rose, aux cornes de chèvre, alignant ses quatre pattes comme des poteaux de clôture avec, en guise de pis, un minuscule appendice lui sortant du derrière comme une petite bouse. Des révélateurs, comme ce tableau de famille nous présentant tous les cinq, sourires en zigzag et silhouettes de guingois, comme emportées par un drôle de vent. Des surréalistes, farcis de bulles et de dialogues hallucinants (*Rapporte-le à la piramide et fait revivre son oncle – oh je vois – c'est nul les pharaon il peve maime pas mangé – pff – oui*). Des ingénieux, avec ces sous-marins à hélice et cargos porteurs de grues signés Vincent. Des hilarants, dont ce château hanté d'Alice, aux tours tordues, plein d'araignées et de citrouilles, survolé par une sorcière en vol stationnaire attendant sagement sur son balai que le feu passe au rouge. Des abstraits, des sobres, des surchargés, j'en passe et des meilleurs... Mais ce que je préférerai toujours, décidément, c'est le mot tout simple que mes petits artistes ont écrit un peu partout – ce mot à la fois minuscule et infini qu'ils ont tracé en débordant des contours : papa.

« Papa ? »

Papa va dormir, mes amours, ou du moins essayer. Et papa va rêver, qui sait, que demain, comme hier, vous viendrez le réveiller.

Cet ouvrage a été composé et imprimé par

FIRMIN DIDOT

GROUPE CPI

Mesnil-sur-l'Estrée

pour le compte des Editions Anne Carrière
104, bd Saint-Germain 75006 Paris
en février 2005

Imprimé en France
Dépôt légal : mars 2005
N° d'édition : 336 – N° d'impression : 71342